2038

滅びにいたる門

廣田尚久

河出書房新

2038　滅びにいたる門

1

向こうサイドの面を乳白色に加工した、すりガラスの大きなはめ込みの窓だと長い間思い込んでいたが、不透明な粒子が見る見るうちに消えて、透明な窓の向こう側に巨大な吹き抜けの部屋があらわれた。

吹き抜けの部屋……といっても、このアインの執務室の窓からは、見上げても天井は見えず、見下ろしても床は見えない。だから、単に吹き抜けと言った方がよいのかもしれない。

すぐに吹き抜けは明るくなり、対面の壁に、黄、緑、青、藍、橙、赤など色さまざまな小さな球がびっしりとはめ込まれ、それらが間断なく色を変えていくのが見えた。つまり壁が活動しているのだ。とっさにそれに気づいたとき、それがヒトの脳に模した人工知能の一部であると、アインは理解した。

ほどなく、何本もの光の柱が立ち上がり、その柱の上に玉座があらわれ、その玉座のうえに、白髪、白髭のアレクサンドロス一九世が腰をおろした。

アレクサンドロス一九世が人工知能を搭載したロボットであることは承知のうえだが、それにしても国家予算の三割を投入して開発したものだけあってよくできている。

アインは、この合衆・連邦国の国策省核兵器廃絶局基本戦略課の担当者として、このアレクサンドロス一九世とはデスクトップ上で、文字や画像でやり取りをしていたが、肉体を持つロボットの姿になった一九世と対面するのははじめてである。

二〇三八年一一月二〇日午前三時、この日この時間に、アレクサンドロス一九世が合衆・連邦国の重要な政策決定を宣言するということは知らされていたが、まさかこんな大舞台が用意されているとは思ってもみなかった。しかし、ガラス越しとはいえ、こうしてアレクサンドロス一九世が目の前にあらわれてみると、なるほどその宣言に箔をつけるために、この程度の舞台装置は必要だということはすぐに理解できた。課長は私に「ご宣託」がくだると言っていたが、その言葉にふさわしいことを言うに違いない。

午前三時にあと二〇秒と迫ってきた。このアレクサンドロス一九世の姿を見ているのは、局長、課長と私、それに大統領も見ているだろう。本来は国策長官がいて見るはずであるが、議会の承認が得られないので、国策長官は空席である。したがって、大統領が国策長官を兼務している。その他に誰が見ているのか、私は知らない。知らされていない。しかし、大統領、局長、課長と私、その四人は、それぞれの執務室から、この透明になったガラス窓越しにアレクサンドロス一九世を見て、ご宣託を待っていることは確かである。

白い上下の装束に黄色のガウンをまとったアレクサンドロス一九世は、大きな玉座の肘掛けに両手を乗せ、両足を少し開き、背筋を伸ばして座っている。背中までかかる白髪、額の皺、胸まで広がる銀色の髭、瞑目しているものの、今のロボット技術では当たり前のことだが、生身の人間とそっくりである。

午前三時になった。アレクサンドロス一九世がおもむろに目を開いて、玉座に座ったまま声を発した。朗々として、しかも若々しい声である。

《北緯四八度五一分二九・五八三秒、東経二度一七分三九・六九二秒の地点及びその周辺を、合計五〇〇トンの弾道ミサイルをもって攻撃すべし》

すぐに、部屋の電話が鳴った。出ると、課長の声である。

「五分後に、会議室に来るように。案内人が部屋まで迎えに行く」

アインは慌ててロッカーを開け、スーツを引っ張り出した。

部屋には、申し訳程度に外が見える小さな窓がある。アインが急いで背広の袖に手を通そうとしながら何気なく窓の外を見ると、暗闇の広場のほのかな灯りのもとに小さな人影が動くのが目に入った。その人影は、白い半袖シャツに空色のズボンをはいて、すたすたと歩を進め、広場を横切り、たちまち向こう側の垣根のところに到着した。

アインが人影を目で追うと、垣根の根元に黒い穴のようなものがあるのが見えた。白いシャツと空色のズボンは、歩くスピードを変えずに、そのまま黒い穴に吸い込まれて行った。

〈あんなところに、人が入れる穴があったんだ〉

アインは、何とも言えない不思議な気持ちがした。

妙な感慨にふけっていると、ドアをたたく音がした。

「会議室にご案内します」

「会議室はどこにあるの？　何の会議室？」

「これからご案内します」

「会議室には誰がいるの？」

「存じません」

アインは、案内人は何も答えないということを知った。しかし、この際だから、ダメでもともと、聞いてみよう。

「局長は、何という名前なの？」

「存じません」

やっぱり！　しかし、アイン自身も局長の名も課長の名も知らないのだから、案内人が知らなくてもおかしなことではない。ここでもう一問。

「ところで、君は男なの、女なの？」

「ロボットです。ロボットは、原則無性です。男でも女でもないのです」

人間を超えるのは知能だけだということに、アインは今さらながら気づいて、少しおかしな気持ちがした。長い間ほぼ監禁されている状態で執務室にこもっている間に、性ホルモンの分泌が少なくなっていることは自覚していたが、それでも無性のロボットと人間とは大違いだ。

案内ロボットは、アインの思いを無視するかのように、長い廊下を先導し、エレベーターに乗り込んだ。扉が閉まるとすぐにエレベーターは下降した。ずいぶん下降するものだと感じた。

エレベーターの中で、これから会議室で何が起こるのかということに思いをめぐらすことはなかった。目前のことにしか対応できないという自分の習性には、アインもうすうす気づいていた。それに、外界のことに好奇心を持ったことはなかった。好奇心を持たないように育てられたから当然のことだろうが、アインはそもそも好奇心というものを知らなかった。

しかし、今日は、アレクサンドロス一九世の姿を見て、何か知らないものが心の中で動いた。そして、白いシャツが穴の中に吸い込まれて行ったのを見て、何かが動きはじめた。さらに、案内ロボットに短い質問をした。これは外界のものに関心を示すことだが、こんなことは今までになかったことだ。

やがてエレベーターは止まった。かなりの時間がかかったので、地下の深いところまできたことは分かった。エレベーターの扉が開いて、目の前に大きなドアがあるのが見えた。

「ここです」

と案内ロボットが言ったとき、大きなドアが開いた。

がらんとした大きな部屋には窓がなかった。そこに局長と課長がいた。私を加えて、三人になった。

2

五〇席もあると思われる大きな半円形のテーブルの曲線にかかるところに座っていた局長が、

「北緯四八度五一分二九・五八三秒、東経二度一七分三九・六九二秒の地点というのは、言うまでもなく……」

と言いかけると、左に二席空けたところにいた課長がすかさず、

「エッフェル塔です」

と応えた。

「まさかエッフェル塔を標的にするとはね。これでいいのかなあ」

「アレクサンドロス一九世の判断ですから、最も正しい政策だと思います」

こういうやり取りに鈍感なアインにとっても、この局長と課長との短い会話は、どこか変だという感じがした。それが何かということに思い当たらないうちに、局長から質問が飛んできた。

アインは、局長の右に五席空けたところに座らされている。

小柄で痩身の局長だが、よくとおる声を持っていた。五席も離れているから、その声はいきおい大きくなる。

「アイン、君はどうかね」

「一九世は、確かに北緯四八度五一分二九・五八三秒、東経二度一七分三九・六九二秒と言いましたから……」

意見ということを言ったことがないアインが言いよどんでいると、

「うん。アレクサンドロス一九世は、間違いなくそう言った」

と、局長はうなずいた。

なぜこの場に私を呼んだのか分からなかったが、これで少し分かったような気がした。局長は、アレクサンドロス一九世の言葉を確認したいのだろう。ただそれだけとも思われないが、と思ったとき、最初の局長と課長との会話を聞いたときの違和感に思い当たるものがあった。

もともと局長はアレクサンドロス一九世の絶対的な支持派で、課長はその反対派とは言わないまでも少なくとも懐疑派だと聞いていた。すると、最初の短い会話は、発言する当事者が逆であって然るべきである。だとすれば、「まさかエッフェル塔とは」という言葉は課長から出てくるはずのものであり、「アレクサンドロス一九世の判断は正しい」という言葉は局長から出てくるはずである。ことアレクサンドロス一九世のことになれば、アインの脳はそれなりに動き出す。

要するに、老獪な局長は、鎌をかけるようなやり方で課長を誘導し、その口から「アレクサンドロス一九世の判断は正しい」と言わせたのであり、その発言をアインに聞かせておきたかったのである。

灰色の背広を着て背を丸めていた小太りの課長は、その姿勢のままポケットからハンカチを取り出して、額の汗をぬぐいはじめた。この会議室は寒いぐらいで、普通ならば汗が出るほどの気温ではない。すると課長がぬぐっているのは冷や汗なのだろう。冷や汗というものはほんとうに出るものだと思った瞬間、アインの脳の中を、アレクサンドロス一九世導入時の過去の経緯が駆けめぐった。

人工知能（AI）やロボットの知能は二〇四五年ごろには人間を超えるというシンギュラリティ（技術的特異点）仮説は、二〇一五年ころから唱えられていた。そうすると、二〇三八年という現時点は、シンギュラリティに到達する七年前ということになる。この仮説が正しいかどうかはともかくとして、人間の脳がニューロンという一〇〇〇億個のオン・オフスイッチの集まりであることを考えると、いつかその神経細胞に似た人工の物質が発明され、人間を超えるAI、ロボットが作られるようになることは、この仮説が唱えられた当初から信じられていた。なぜならば、一〇〇〇億個といえども無限ではなく数に限りがあるから、数の壁は物理的に超えることができるはずだからである。じじつ素粒子を構成している複合粒子のうちのひとつ一つが発見された二〇三五年からは、AIやロボットの技術が飛躍的に進歩し、二〇四五年を待たずともシンギュラリティに到達するのではないかと言われるようになった。しかし、まだ現時点では、部分的には人工知能が人間の知能を超えたものもあるが、全体としてはシンギュラリティに到達していない。

素粒子よりも小さな粒子が発見された直後のことであるが、それに対応するために、アレクサンドロス一八世を更新する必要があると、多くのＡＩ開発業者が言い出した。合衆・連邦国の政府としても、アレクサンドロス一八世を更新する必要性ということは、莫大なＡＩ関連予算を計上する口実としてまことに好都合である。

そこで、合衆・連邦国でコンペが行われた。国際コンペでなく国内のコンペにとどめたことは、アレクサンドロス・シリーズが機密を要する事項であることを考えれば、しごくもっともなことである。

このコンペには、一六一六に及ぶ会社・団体が参加した。ＩＴ専門家、ＡＩ学者、ＡＩ技術者、量子力学者はもとよりのこと、ゲーム理論学者、未来学者、天文学者、海洋学者、地質学者、地理学者、地政学者、数学者、物理学者、化学者、生物学者、細菌学者、農学者、医学者、病理学者、心理学者、哲学者、神学者、宗教学者、倫理学者、美学者、文学者、論理学者、言語学者、考古学者、歴史学者、文化人類学者、社会学者、政治学者、経済学者、法学者などの第一人者からなる一一五人の選考委員が慎重に審査した結果、最終的に絞られたのが、アレクサンドロス一八世の子で母親が違う、すなわち、開発業者を異にする二機だった。

言うまでもないことだが、アレクサンドロス一八世を襲う者は、その子でなければならない。なぜならば、アレクサンドロス一八世は、その時点の最新のビッグデータがすべてインプットされているのであるから、一九世はあたかも遺伝子を引き継ぐように、まずは一八世のビッグデータを承継しなければならない。したがって、一九世は正真正銘の一八世の子である。そのことを前提にしたうえで、コンペで争われるのは、さらにどのようにして新しい学説と技術を取り入れるか、すなわち、遺伝子にどのような細工をするかということが競争になる。

最終的に絞られた二機は、アップルソフト社が開発したブラックスミスとマイクログーグル社が開発したブレスの異母兄弟だった。ブラックスミスとブレスにはほとんど違いがなかったが、ただ違うのは、当時唱えられはじめた四位一体説という神学上の論争の扱いであった。四位一体説というのは、三位一体説に人工知能を加えた四位が一体だという説である。

神が自分に似せて人間を作ったのだとすれば、人間を超える人工知能もまた、神に似たものになるはずだ。そして、神が万物を創造するということは、ＡＩもまた、神が創造したものに他ならない。いずれＡＩは神の子を超えるか、超えなくても同格、同位になるはずである。だから、父なる神、神の子、聖霊の三位に、人工知能を加えて四位にしなければならない。これが四位一体説である。

この四位一体説を高く評価して、学説上の優位性があるというデータをたくさんインプットしたのがブラックスミスであり、反対説を紹介して学説を並べるにとどめたのがブレスである。

なお、四位一体説については、人間のしたたかな計算があることを付言しておく必要があるだろう。すなわち、人間は、人工知能が人間の知能を超えるように設計するのであるから、人工知能はいずれ自らが神であると名乗る可能性がある。そのときには、人間が作った神よりも上位に人工知能の神が君臨することになる。四位一体説は、人工知能が父なる神、神の子、聖霊の上にこないように、同格の位置におさめようとする意図から唱えられた面もある。

それだけではない。四位一体説は、人工知能が無神論者にならないように、つまり、神の存在を肯定する方向に誘導する説なのである。もし、人工知能が無神論を唱え出したら、何千年もかけてヒトに信じ込ませていた大いなる幻想がたちまち霧消してしまう。そういうことにならないように、四位一体説をガチガチに構築して埋め込んだのがアップルソフト社のブラックスミスである。

したがって、このブラックスミスがアレクサンドロス一九世として採用されれば、その人工知能は、この四位一体説を前提にして稼働することになる。言い方を変えれば、その人工知能がいくら記憶力や計算能力や処理能力にすぐれているとしても、存在しない神の桎梏から解放されることはない。もっとうがった見方をすれば、宗教、とくにユダヤ教、キリスト教、イスラム教などの一神教信者が、神を蔑ろにする無神論者に復讐できるということになる。人工知能は、いかにも科学の賜物のように見えるが、ヒトは科学そのものを神という幻想の申し子として発達させてきたことを忘れてはならない。四位一体説を埋め込んだブラックスミスが、膨大な国家予算を投入してアレクサンドロス一九世の地位に就けば、それは一神教信者にとっては歴史的な大勝利ということになる。

もとより選考担当部局の国策省の局長や課長が選考委員に加わることはなかったが、事務局員として局長も課長も汗を流したことは、課員として下働きをしたアインも知っている。

国策省は、結局ブラックスミスを採用して、彼にいわば皇帝の地位を襲わせ、アレクサンドロス一九世とした。このときアインは、ブラックスミスを推して根回しをしたのが局長であり、ブレスに心を寄せていたのが課長であったと思っていた。

　それはともかくとして、ブラックスミスの世襲が決定すると同時にブレスは破壊された。累計約三三兆ドルの国家補助金を受けていたマイクログーグル社は、国から補助金の返還請求を受け、返済ができずに倒産した。言うまでもなく、アップルソフト社にはブラックスミスの買い上げ代金として二兆六七四一億ドルが支払われ、累計約三四兆ドルの国家補助金の返還義務は免除された。

　もし、ブレスが世襲していたら……、とアインは考えてしまう。

　もし、ブレスが世襲をしていたら、

《AI関連予算の一一分の一〇を削減せよ》

と言ったかもしれない。ブレスはブラックスミスよりも謙虚だったはずである。

3

「さすがに大統領も、このご宣託は実行しないだろう」

また、局長が課長に鎌をかけた。

「いや、実行するんじゃないですか」

どういう思惑があるのか分からないが、課長は素直に局長の誘導に乗った。

「それにしても、このご宣託は意外だな。いったい今、エッフェル塔を破壊することにどういう意味があるのだろうか」

「ヨーロピアンユニオンの加盟国は、ひところは二八か国に及んでいましたが、二〇年前にイギリスが脱退して以来、次々に脱退する国が増え、今は一一か国になって、見る影もありません。エッフェル塔が象徴しているフランスも、かろうじてとどまっていると言ってよいでしょう。しかもフランスは、移民政策で優柔不断な政策をとっているうちに、アフリカからイスラム教を奉ずる移民が大量に押しかけ、もはやカトリックの国ではなくなっています。そのうえ、昨年は、ビュジェ原子力発電所の二号機が爆発し、南東部は半径四〇〇キロメートルの範囲が汚染されました。だいたいエッフェル塔は、神も恐れぬフランス革命の一〇〇周年を記念して建てられた醜悪な建造物ですから、この際、わが合衆・連邦国の国威を世界に知らしめるために、エッフェル塔を破壊する意義はあります。さすがにアレクサンドロス一九世です」

こういうことに頭が回らないアインも、そこまで言うかとあきれてしまった。そして、課長が局長に迎合していることが手に取るように分かった。しかし、この合衆・連邦国の官僚組織のヒエラルヒーが徹底していて、下に上の意にそまない言動があれば、ただちに命がなくなることまでは知らなかった。

「うん。アレクサンドロス一九世のことだから、エッフェル塔を爆破すれば、それから先に何が起こるかは先の先まで読んでいるだろう」

「そうでしょう。それを聞き出してみましょうか」

「先の先はともかくとして、フランスがわが国に反撃することはないだろうか」

「今のフランスにはそんな力はありませんよ。反撃すれば、わが国の軍需産業は大喜びです。フランス全土を破壊する武器を費消することができるのだから」

「しかし、ヨーロピアンユニオンは黙っていないのじゃあないか？」

「エッフェル塔がなくなったの？　ああそう、で終わりですよ。せいぜい会議を開いて、非難決議をするぐらいでしょう」

局長は、右肘を肘掛けに乗せ、その手の指で顎をもてあそびながら暫く黙っていた。やがて、つぶやくように言いはじめた。

「今の大統領は、何を信じているのだろうか。前大統領は聖書派、その前も聖書派、その前の大統領は長老派、そしてその前はユダヤ教、その前は……」

「その前の大統領もユダヤ教です」

「うん。だから、ユダヤ教、長老派、聖書派と続いたのだから、分かりやすかった。宗教や宗派は違っても、要はみんなポピュリストだ。しかし、ポピュリストには選挙民が飽き飽きしていた。

　ポピュリストの特技とされるフェイクもさすがに底が割れてきた。そのうえ、弊害も積み重なってきた。そこに清廉潔白を売り物にした候補者が出てきたのだから、二か月前の大統領選挙では、なるようになったのだ」

「……」

「これまでの大統領ならば、アレクサンドロス一九世のご宣託は、すぐに公表して、すぐに実行しただろう。ポピュリストならば、そうするのに決まっている。大衆から絶賛を浴びるチャンスだからな。ましてエッフェル塔を爆破するなんて言うのだから、こんなに面白いことはない。しかし、ご宣託から一〇秒もしないうちに大統領から電話がきたよ。つまり、緘口令だ。アレクサンドロス一九世のご宣託を聞いたのは、大統領の他にはここにいる三人だけだから、課長とアインを集めて絶対に外に漏らすなと伝えよ、とさ」

「そうですか、分かりました」

　とアインは言った。ここではじめて自分が呼ばれた理由が分かった。課長は無言である。

「いったい何を考えているのか。いくら秘密にしても、アレクサンドロス一九世はアップルソフト社が開発したものだから、ご宣託を予測するだろう。ご宣託に近いものを開発業者が競って予測するようになることは決まっている。緘口令なんか無意味だよ。だいたい大統領は何を信じているのか。アレクサンドロス一九世を信じていないのか。シンギュラリティを待つまでもなく、アレクサンドロス一九世の知能はもう人間の知能を超えている。つまり、神の領域に入っている。大統領は神を信じていないのか」

「無教会派の敬虔なクリスチャンだと聞いています」

課長が口を挟んだ。

「たしかに、大統領が教会に行っていないことは知っている。しかし、無教会派で敬虔なキリスト教徒なんて今どきありうるのか。無教会派と敬虔なクリスチャンとは矛盾するのではないのか」

「しかし、大統領はヒューマニストですし、強い道徳心も持っています」

「しかし⁉　何が〈しかし〉か！　そういう輩が一番始末に負えないんだ！　考えれば分かるじゃないか。強い道徳心を持ったヒューマニストがエッフェル塔を爆破するか！」

この局長の怒声を聞いて、課長の目に恐怖心が走った。

「まあ、いいや。この部屋の会話は絶対に外に漏れないことになっている。どちらにしても、大統領がアレクサンドロス一九世のご宣託を握りつぶす可能性は十分にある」

「そうとも限らないと思います。国家予算の三割を投じたアレクサンドロス一九世のご宣託を握りつぶしたら、政治責任を問われます。しばらく考える時間をほしいということではないでしょうか」

「気やすめのようなことは言わなくてもよろしい。今の会話は外には漏れていないが、私の話を聞いていたお二人には口があるし、コンピュータをいじくる手もある」

アインには、突然床が落ちたのではないかというほどの恐怖がきた。

しかし、局長は、机上の受話器を手に取っただけだった。

「課長は地下九階の例の部屋に、アインは地下一一階の例の部屋に」

すぐに真っ黒の装束に身を固めた二人の男が部屋に入ってきた。

4

黒装束の男から廊下の途中で素っ裸にされ、小さな部屋の中に放り投げられて、続けて灰色のガウンが部屋の中に投げ込まれた。ガウンはゴワゴワしていた。

アインは、ぐるりと部屋の壁を見回した。

間口三メートル、奥行四メートルほどの広さである。奥の壁の方にはベッドがあって、その足許の角に一平方メートルほどの背の低い間仕切りがあった。中を覗くと便器がしつらえてあって、そこには洗面の蛇口もあるから、排泄と水分の補給には事欠かないことはこれで分かった。局長は地下一一階と言っていたから、窓がないのは当然であろう。ただ、ドアの目の高さのところに、この部屋を覗く小窓がある。しかし、こちら側からその小窓を開けて外を見ることはできない。何のことはない。これは犯罪者が押し込められる独居房と同じではないか。

つまり、私は犯罪者だということである。

もの心ついてからこの方、アインが悲惨な目にあったことは何度もあった。しかし、監獄にぶち込まれたことははじめてである。そのことからすると、今回はとりわけて残酷な運命が待っているに違いない。

局長は、アレクサンドロス一九世のご宣託を聞いたのは、大統領と当の局長を除けば、課長と私だけだと言っていた。そのご宣託を、直ちに公表するのであればともかくとして、公表しないことはおろか、緘口令を敷くというのであれば、課長と私の口を塞ぐことは必然ということになる。しかも、課長と私は、局長の辛口の大統領評を聞いてしまった。こうなれば、私が世の中から一生隔離されることでおさまれば、まだましな方だろう。早晩命を奪われることは、確実だと思っておくべきだ。

アインは、地下一一階の独居房から脱出することは不可能だということを、すぐに悟ってしまった。しかし、なるようになったという気もしてきた。こうなることを予感していたし、いよいよ来るものが来たと思うだけだった。だから遅かれ早かれ殺されるということがはっきりしても、絶望感というものは湧いてこなかった。言ってみれば虚無感であり、それ以上にアレクサンドロス一九世とデスクトップ上でやり取りしていたことから解放された脱力感のようなものが大きかった。

なるほど、なるようになったか――。

私は、父も母も知らない。もの心ついたときには、児童養護施設の中で、大勢の子どもたちと一緒に騒いでいた。父も母も知らないということは、父という概念も母という概念も知らないというだけでなく、世の中に父という存在があることも、母という存在があることも長い間知らなかった。そのころの児童養護施設では、入れられる子どもがあまりにも多くなってきたので、「お父さん」とか「お母さん」という言葉を使って養育することができなくなっていた。

もっと突っ込んで言えば、合衆・連邦国が福祉予算を大幅に削減して棄民政策をとるようになってからは、その棄民政策が児童養護施設にも及び、そこに入れられた多くの児童が「処分」されるようになったのである。

処分？

これは今では誰でも知っていることであるが、廃棄された工場が立ち並ぶゴーストタウンや廃坑になった鉱山の跡地などに、子どもたちが捨てられるようになったのである。

父や母が存在するかつての模範的な家庭の姿が珍しくなってから久しい。したがって、父母の存在を前提にすることが難しくなった。まして、父母の愛によって育てられることが仮に理想の姿だとしても、児童養護施設の中でその理想に近づける労力は並大抵のことではない。そんなことは無駄なことだ。それは難しいだけでなく、必要性もない。なぜならば、ほとんどの児童は、いずれ捨ててしまうのだから。

ということであるから、「父」とか「母」とかという言葉がアインの脳の中に定着したのは、少年期を過ぎて、書物か何かで知ってからのことである。

ではなぜ私は捨てられなかったのか。

そのことについては、児童養護施設の職員から何度も聞いていたから、私はよく知っている。

簡単に言えば、選別されて生き残ったのである。つまり、人工知能からデータを引き出し、人工知能にデータをインプットする要員として、幼い時から教育を受けたのである。

もの心ついたころに大勢の仲間たちと騒いでいたという記憶はうっすらとあるが、アインが成長するにつれ、仲間はだんだん少なくなり、一五歳のころには、アイン一人になっていた。それからは、人工知能とやり取りするだけに特化した情報しか与えられなくなった。ここではっきりと天涯孤独になったのである。誰かとの絆をつくろうとか、世間と渡りをつけようとか、それに類する感情や希望は、だんだん消えてゆき、ついにはすっかりなくなってしまった。そして、人工知能とやり取りする脳の一部だけが開いていて、その他からはシャットアウトするという特殊な感覚遮断が施された。脳の中がそうなってしまったから、容易にマインドコントロールされてしまうようになった。しかし、当のアインは、感覚遮断されているとか、マインドコントロールされているとかという認識はまったくなかった。

そうは言っても、この期に及んでしまったら、つまり、いきなり独居房に放り投げられるというほどの事態になってしまったら、自分はもはやいらない人間になったのだ、ということは分かった。そして、もともとここでこのとき、自分は殺される運命にあった、ということも理解できた。

しかし、アインには、こんな状況に陥っても、即座に順応できる能力が身についていた。つまり、どんな状況になっても、心理的に自分を追い込まない、というよりも自分を救い出す術を持っている。これは、生れ落ちてからのこの方、ずっと散々な運命に耐え、何度も死ぬ思いを経験しているアインが無自覚のうちに身に沁み込ませた動物的な知恵というものなのだろう。つまり、いくら感覚遮断をされても、マインドコントロールをされても、アインが生きている限り、この動物としての知恵は、脳の中から消すことができなかったのである。

そこで、アインは考えた。

自分が生きている限り、奴らは私に食べ物は与えるだろう。排泄は便所がある。つまり、壁の中に囲まれていても、何の不満もない。ここまでは、基本戦略課の部屋の中で、アレクサンドロス一九世と睨みあっていたときとさほど大きな違いはない。まるで、合衆・連邦国のように自足し、かつ完結しているではないか。

しかし、あれこれ動く脳だけはどうしたらよいのだろう。脳を満足させることができるのだろうか。

できるとも！　アレクサンドロス一九世と出会ってからのことを思い出すだけで、五、六年は十分に脳を動かすことができる。

つまり、殺されるまでは、満足に生きてゆくことができるわけだ。

5

特殊ではあるがいわば英才教育を受けたアインは、二〇三五年にアレクサンドロス一九世が一八世を襲った少し前に、二〇歳で国策省核兵器廃絶局基本戦略課の課員として採用され、官僚としての道を歩みはじめた。と言えば聞こえがよいが、だだっ広い執務室になかば監禁されて、アレクサンドロス一九世と向き合うことになったのである。

したがって、アインの脳はアレクサンドロス一九世の人工の脳としか繋がっていない。アインが見、聞き、知る世界は、アレクサンドロス一九世の脳を通じて見、聞き、知る世界しかないのである。ということは、アインの知識、思想は体感的な経験から得たものではなく、すべてアレクサンドロス一九世の人工知能の中にあるものから得たものである。人はよく人工知能はヒトの脳に似せてつくったものだと言うが、アインの脳は逆に人工知能からつくられたものだと言ってもおかしくない。もちろんアインの脳には、ビッグデータに匹敵するような、また超高速の計算能力のようなものは入っていないが、知能の方向性と言うか、スタンスと言うか、そういったものが、生身の人間の脳よりも、人工知能の脳に似てきたことは間違いない。

しかし、感情だけは、アレクサンドロス一九世とは違うのではないかとアインは気がついている。アレクサンドロス一九世も、人間の感情に似た言語表現をすることがあるが、例えば、執務室の小窓から配膳される食事、と言っても乾パン程度だが、その味がよくなくて嫌な気分がするというようなことには、アレクサンドロス一九世はまったく無理解である。

そのアインが自分の脳を動かして考えはじめた。いったいアレクサンドロス一九世とは何者なのだろうか。

アレクサンドロス一九世は、今しがた執務室の窓越しに姿をあらわしたが、あれはひとつの象徴であって、ハードウェアは、素粒子を構成している複合粒子の中の一つの粒子を毎秒三〇億回衝突させる大型衝突加速器である。そして大量のデータ処理をするために、一五〇〇〇台のサーバ上で動く並列化ソフトウェアを備えている。ビッグデータというのは、その集合データの総体である。その全体の容量は一八二〇ヨタバイトである。ヨタバイトとは、二の八〇乗である。アレクサンドロス一九世は、そのハードとソフトを使って人間の脳のニューロンそっくりの一〇〇〇億個の人工細胞の中で粒子を衝突させ、オン・オフスイッチを稼働させる。

このビッグデータの中には、公文書、私文書、通信記録、天文学、医療、自然科学、人文科学、社会科学、軍事記録、株価変動はおろか、個人情報等々、ありとあらゆるデータが詰め込まれている。

アインはただ一人だけの基本戦略課の課員であり、アレクサンドロス一九世のことには精通している。そのアインの心にひっかかっていることは、人類が語ってきた神話がすべてインプットされていることである。また、歴史、とくに各宗教会派の歴史、宗教学説もアレクサンドロス一九世の脳の中に入っている。人工知能は人間の知能を超えようというところにきているのであるから、歴史上優位であったものは、そのまま優位なものとして扱われる。ということは、アレクサンドロス一九世の脳は、旧約聖書と新約聖書優位につくられていることになる。これは歴史上の事実であるから当然であるが、このことは、例えば地政学上の予測を引き出すときには、多くの場合、ユダヤ教徒、キリスト教徒を有利に導くようなデータが出力されるという結果をもたらす。

このことは、四位一体説の扱い方の相違により、アップルソフト社のブラックスミスがマイクログーグル社のブレスにコンペで勝利したことによって、いっそう顕著になった。しかし、アインは、そのことが少し心にひっかかっただけで、それ以上は深く考えなかった。アレクサンドロス一九世という人工知能の中身は、そういう脳なのだと、割り切っていたのである。

アレクサンドロス一九世の脳は、ヒトの知能のうちの大部分においてすでに超えているのであるが、全部のヒトのデータが乱雑にインプットされているのではない。ヒトの脳と同じように、仕分けされているところは仕分けされている。さらに、一人の人間の脳の中がそのまま全部インプットされているばかりではなく、全人類のヒトの脳の中がインプットされているのであるから、すべての専門的な知見は、全部人工の知能に入っている。しかし、不要な知見は、人間の脳が忘却という作業で消去するように、人工知能は自らデータを消去して整理する。したがって、専門的な知見は、整理され、仕分けされている。そうでなければ、すべての知見がまぜこぜになって、適切な答えが出せなくなるし、また、特定の専門分野について何かをアウトプットしようとしても、うまくできなくなるからである。この点は、多数の異なる専門分野の知見を聞こうとするときに、特定の専門家の意見を仰ぐことと同じである。しかし、アレクサンドロス一九世は、その脳の中にある全部の専門知識を総合して、一つの答えを出すこともできる。

アインの日常業務は、その日の各紙の新聞やインターネット上の情報をアレクサンドロス一九世にインプットすることである。これは大した仕事ではない。紙データはスキャンしてアレクサンドロス一九世に送るだけでよいし、インターネット上の情報は転送すればよいだけのことである。アインが送るその日の新しい情報のうちの大部分は、アレクサンドロス一九世が持っている情報網から自ら直接収集することができるが、念のためにアインからの情報も取得して、チェックしているのである。

もう一つの日常業務は、課長から要求されるデータを、アレクサンドロス一九世の人工知能から引き出して、課長にその結果を報告することである。

これにはいろいろなものがあり、アインはこの仕事のために大半の時間を費やすことになる。言うまでもないことだが、この仕事はいわば各論のようなものであって、一一月二〇日午前三時の「ご宣託」のような大掛かりなものではない。三年間勤務したアインにとっても、あのご宣託ははじめてのことである。

日常業務と言えば、最近次のようなものがあった。

南太平洋におけるクロミンククジラの生息数は何頭か？

これについて、アレクサンドロス一九世は、〇・〇四秒で、一五万三三四一頭という答えを出した。

そのうち、ミンククジラとの交配によって産まれたハーフは何頭か？

この質問に対して、アレクサンドロス一九世から三・一六秒後に六六頭という答えが出てきた。

さらに、クロミンククジラ、ミンククジラ、そのハーフの体脂肪の割合は？

アレクサンドロス一九世が、それぞれ三五・六八パーセント、四四・九〇パーセント、四四・九六パーセントと答えるのに、二・三八秒かかった。

一月ほど前には、たて続けに地政学上のデータを求められ、地球上の地政はほぼ全部出力した。したがって、人工知能に似てしまったアインの頭には、世界を俯瞰できるほどの地政学がアレクサンドロス一九世からアインの脳の中に移された。それを復元してみよう、とアインは膝を抱えながら思った。どうせ他にすることはないのだから。

6

地球上には陸と海があり、陸には大陸と島嶼がある。

まずは、象の鼻の先に運河を渡して繋がっているような繋がっていないような南北の大陸を見よう。

この南北のアメリカ大陸は、ぜんぶそっくりまとめてアメリカ合衆・連邦国という一つの国に統一された。

中ほどのメキシコ湾の先で七〇年間も頑張っていた共産主義の小さな島国も、一〇年ほど前に市場原理を受容するとたちまち当時のアメリカ合衆国に事実上吸収され、やがて五一番目の州になった。したがって、かつての勇敢な共産国も、今はこのアメリカ合衆・連邦国の中に組み込まれている。

地球儀を回して、見ればすぐに分かることだが、東の大西洋、西の太平洋を隔てて、この南北の大陸は、他の大陸や島嶼とはずいぶん距離が離れている。地球上のほとんどの国は、地政学上は過酷な地理条件を備えているが、他の大陸や島嶼と距離が隔たっているという一点だけで、この南北アメリカ大陸の諸国は過酷な地理条件からくる艱難を免れていた。なぜならば、距離が近ければ、近隣の国からの干渉や交通の往来によって自由が制限されるばかりではなく、しばしば軍事的な脅威にさらされるからである。

距離が隔たっているということは、大陸間弾道ミサイルが世界中に装備されている現在においても同じである。仮にアジア大陸の東端の半島から弾道ミサイルが発射されたとしよう。狭い海域を隔ててすぐ隣にある島国が、迎撃ミサイルでその弾道ミサイルを撃ち落とすことは非常に難しい。アレクサンドロス一九世によれば、その成功率は六・五パーセントであるとのことである。これに対して、合衆・連邦国の迎撃ミサイルが、アジア大陸の東端から飛んでくる大陸間弾道ミサイルを撃ち落とす確率は、九九・六パーセントだという。言うまでもないことだが、距離が遠いために時間の余裕があるからである。

南北アメリカ大陸の諸国は、その濃淡に差があったものの、地政学的に見れば他の大陸の諸国よりも有利であったが、この有利さはアメリカ合衆・連邦国という一つの国に統一されてからいっそう強固になった。当然のことであるが、大陸内の国家間の戦争がなくなったからである。

国？

二〇三八年という現在でも、地球は「国」という単位で仕切られている。前世紀の中ほどで世界連邦をつくろうと提唱され、その運動に奔走する作家がいたが、国際連合ができたあとでかえってその運動は下火になり、いつしか人々に忘れ去られてしまった。

人類が、国という仕切りを設けてわが身を守っていることは、煎じ詰めて言えば、ヒトはまだ個と全体のジレンマを克服する知恵を持っていないからである。

個と全体のジレンマ。これこそいかなる哲学者も数学者も解くことができない人類最大の難問である。

個と全体のジレンマというのは、各個人が幸福になると考えて選択した結果が、社会全体にとって望ましい結果にはならない、かえって社会は悪くなるというジレンマである。このジレンマは、逆もまた真で、社会全体が望ましいとして選択したものが、かえって個々人を不幸にするということである。これは、ナチスを選択したドイツ社会とその国民を思い起こせば、すぐに分かることである。

アインがアレクサンドロス一九世に、個と全体のジレンマの解決方法を聞いたところ、さすがのアレクサンドロス一九世もまだ解を持っていないということだった。

なぜ?

と聞いたら、おそらくヒトの遺伝子情報の中に、その問題を解く鍵が入っていないからなのだろう、したがって、私の脳には、その解を見つける仕組みはまだできていない、ということであった。

では、ヒトだからそうなのかもしれないが、他の生物で個と全体のジレンマを解決している種はあるか、とさらに質問したところ、アレクサンドロス一九世は、スケールの大小や質の違いはあるが、それはたくさんあると言い、ミツバチの例をあげて説明してくれた。

考えることをしないアインであるが、このときはさすがにふと思った。ミツバチができることができないヒトは、はたして万物の霊長なのだろうか、と。

脳が勝手に動いて横道にそれてしまったが、合衆・連邦国の地政学上の有利さというところに話を戻そう。

先ほど、大陸内の国家間の戦争がなくなったと思い起したが、理論的には内戦が起こってもおかしくない。しかし、合衆・連邦国が成立してからこのかた、南北アメリカ大陸内では事実上戦争は起こっていない。なぜならば、戦争を起こす必要がないほど、合衆・連邦国は大規模で強力だからである。

合衆・連邦国を構成しているのは、かつてのアメリカ合衆国、これが中心であるが、成立前の国名をあげれば、北アメリカ大陸では、カナダ、グリーンランド。グリーンランドはかつてはデンマーク王国の一員であったが、合衆・連邦国ができるときにデンマーク王国から買い取った。中央アメリカではメキシコ、ベリーズ、グアテマラ、ホンジュラス、エルサルバドル、ニカラグア、ジャマイカ、ドミニカ、コスタリカ、パナマ。キューバはすでにアメリカ合衆国の五一番目の州になっている。南アメリカ大陸ではベネズエラ、ガイアナ、ギアナ、スリナム、コロンビア、エクアドル、ペルー、ブラジル、ボリビア、パラグアイ、ウルグアイ、アルゼンチン、チリである。フォークランド諸島も、イギリスが領有権を放棄していったん独立国になり、その後連邦国の一員に加わった。

これらの諸国が連邦国になり、アメリカ合衆・連邦国となって一つの議会と政府をつくり、対外的にも一つの国家として国際的に承認された。そして、ドルを統一通貨とした。

これだけで規模の大きさが分かるが、この大きな国を一つにまとめ、強力にしているのは、北部でシェール資源を採掘する技術が、そして南部で水素ガスを採り出す技術が飛躍的に向上したことによって、エネルギー問題が解決したからである。

このことによって、合衆・連邦国は、石油資源を求めて、中近東に出向いて代理戦争をさせたり、ロシアを恫喝しながら駆け引きをしたりする必要がなくなった。それればかりでなく、他国と貿易をする必要もなくなった。いきおい輸入品には高い関税を課し、徹底的な保護主義をとったのである。

ひと言で言えば、他の諸国の疲弊や解体を尻目に見て、万々歳のひとり勝ちである。つまり、アメリカ合衆・連邦国は地上に出現した豊かなユートピアであると言えるだろう。

しかしこれは、全体の問題にすぎない。

たしかに、この合衆・連邦国の中で、全体の繁栄を満喫している人はいる。しかしそれはごく僅かな人数である。所得分配の不平等さを測る指標のジニ係数は、所得が均一で格差がない状態をゼロ、たった一人がすべての所得を独占する状態を一として、曲線を描いて表わすが、この合衆・連邦国のジニ係数は、〇・九一である。

つまり、個に目を移せば、ひどい格差社会であって、あらかたの国民は、棄民政策によってよくてスラム、悪くすればゴーストタウンに捨てられる。大多数の人にとっては、自分の幸福などということは、望む術もないのである。

7

地球儀を回して、合衆・連邦国以外のところもざっと思い出しておこう。

ヨーロピアンユニオン、すなわちＥＵの加盟国は、ひところは二八か国に及んでいたが、二〇年前にイギリスが脱退して以来、ギリシャ、イタリア、ポーランド、スウェーデンなど次々に脱退する国が増え、今は、フランス、ドイツ、オランダ、ベルギー、ルクセンブルグ、スペイン、ポルトガル、オーストリア、フィンランド、リトアニア、マルタの一一か国になってしまった。このことによって分かるように、市場統合や通貨統合によってまとまっていたＥＵに解体現象が起こり、その解体現象を止めることが難しくなってきたことがはっきりしてきた。

しかしこれは、ＥＵという窓から見たヨーロッパであって、ヨーロッパ大陸を地政学的にとらえるとすれば、また別の見方がある。

ヨーロッパは、北ヨーロッパ平野とその周囲の半島や島々に大別される。住民の大半は、ドイツ、フランスなどの北ヨーロッパ平野に住んでいる。この北ヨーロッパ平野は、古くから文明が発達した人口密集地帯であり、域内の貿易が盛んに行われていた地域である。しかし、国境を地面上に設け、移動の容易な北ヨーロッパ平野では、人々は絶えず他国人と接触し、その接触が闘争に発展することは避けられなかった。したがって、北ヨーロッパ平野で戦われた歴史上の戦争を数えれば、枚挙に暇がない。ＥＵの結成は、ヨーロッパにおける戦争に終止符を打ったという意味では、一定の成果をあげたと言うことができるだろう。

しかし、北ヨーロッパの周辺には、ピレネー山脈を越えた先にイベリア半島があり、そこにはスペインとポルトガルがある。また、アルプス山脈を越えたところにはイタリアがあり、スカンジナビア半島にはスウェーデン、ノルウェー、デンマークがあり、ボスニア湾を隔ててフィンランド、ドーバー海峡を隔ててイギリスがある。

ＥＵは解体に向かっているが、ヨーロッパという地球上の位置は動かすことはできない。

二〇三八年という現在に至っても、国境線は二一世紀初頭のままに残っているのである。その原因はいろいろあるが、その最大級の原因の一つとしてあげられるのは財政が統一されていないことである。ＥＵという限定された範囲でも、財政の健全化についてさまざまな試みがなされたが、その程度のことさえうまくゆかなかった。国家という単位でみると、他国の財政破綻が自国に及ぶことは耐えがたいことである。したがって、国々がひしめいているヨーロッパでは、財政が比較的豊かな国では国境線を守ろうとする。これに対して、財政が危うくなった国は手を打つことができない。ひと昔前であれば、国境線を破って戦争を仕掛けるという手段があっただろうが、各国が弾道ミサイルを国境線に装備するようになった現在では、少なくともヨーロッパ大陸では、旧態依然たる国境線を維持し、それぞれの国がそれぞれに固まらざるを得ない。ということは、ヨーロッパは、国を単位としてバラバラになってきたということである。

これは、EUという僅か一一か国の相互関係でも顕著になってきた。EUの中心的な役割を果たしてきたドイツも、他国の財政破綻がドイツに及ぶことを恐れ、EUへの拠出金を徐々に減らす政策をとった。

そして、ヨーロッパの国々では、さまざまな問題が発生してきた。

ドイツは、出生率が減って人口減少が顕著になってきたために、中東やアフリカからの難民を受け入れる政策をとり、二〇三八年にはすでに多民族国家になっていた。しかし、ドイツ国民におけるゲルマン民族の割合は、アレクサンドロス一九世によれば、三八・九パーセントまで減少しており、このことがゲルマン民族の危機感をあおり、公然たる紛争の種になってきた。二〇三八年一月には、八日間にわたって、ハンブルク、ベルリン、ケルン、フランクフルト・アン・マイン、ミュンヘンといった大都市で、合計八〇万人を超える難民・移民受入れ反対のデモが繰り広げられ、警官との小競り合いで三〇〇人の死者を出した。これは、ナチスの再現を促すのではないかと世界中の人々を震撼させた。

これに対してフランスは、かつては移民制限の政策をとっていたが、原子力発電に依存しているエネルギー政策があだになって、事態は一変した。すなわち、二〇三七年三月に、フランス南東部のビュジェ原子力発電所の二号機が爆発し、半径四〇〇キロメートルの範囲にわたって放射能に汚染されたために、この地域の住民に立ち退きが命じられた。この高度汚染地域は、本来は人が住めない場所である。

しかし、フランス政府が予想していなかったことが発生した。この汚染地域の鉄条網を破って、まずアフリカの紛争地域から難民が押しかけてきた。ついで、中東の紛争地域から大勢の難民がやってきた。そして、フランス政府が、これらの難民を排除しないことが伝わると、紛争地域にかかわらない移民が国境線を破って入ってきた。それでもフランス政府は、手を拱いているだけで何もしなかった。しかも、これらの難民、移民は、フランス人の大多数が信仰するカトリック教の教徒ではなく、ほとんどすべてイスラム教徒である。そのイスラム教徒たちが、まず汚染地域で畑を耕し、家畜を飼い、さらに汚染地域の外に出て、掃除夫・婦や配達人などになって働きはじめた。

なぜフランス政府がこんな優柔不断な移民政策をとったのか、とアインがアレクサンドロス一九世に問うたところ、自分で考えてみよ、という返事がきたが、五秒後にまた返事がきた。アレクサンドロス一九世は、アインが考えることができる人間でないことをすぐに思い出したのであろう。二度目の返事で言ってきたことは、人口減少に悩んでいた政府は、どうせ捨ててしまう土地に人がやってきて、統計の数字を変えることができるのなら、それはそれでよいと考えているからだということである。

そのときのアインは、なぜ難民、移民が放射能に汚染された地域にやってきたのだろうとは考えなかった。人間が、死が目前に迫っているときには、目に見えない放射能に汚染されていても、とりあえずは生き延びようとする動物であることを知らなかったし、まして、死が目前に迫っている人が地球上にたくさんいることも知らなかった。

機械的にアレクサンドロス一九世に入力することしかしないアインでも、珍しいデータをアレクサンドロス一九世にインプットすることはある。

ある日、新聞の差し込みに挟まれていた一枚の紙に目がとまった。

それは、無神論者の講演会のチラシであった。そのチラシには、まず、ヨーロッパは、地政上多くの人が集まる人口密集地帯であるから、自ずから知恵も集まる、と書いてあった。したがって、ヨーロッパは、神学、哲学やもろもろの科学の発祥地である。現在の最先端を走っているのは遺伝子に関連する科学であるが、ヒトの遺伝子の中に幻想を膨張させる配列を持ったものがあり、それがスペインの片田舎の教会に伝わっている聖衣に付着した体液の遺伝子と一致した、という。そしてチラシには、それを発見したフィレンツェ大学の教授がローマ公会堂で詳細を発表する日時、場所が示されていた。

アインはそのチラシをスキャンして、アレクサンドロス一九世に送った。

アインが膝を抱えながら思い起こしたのはそこまでであったが、そのチラシの運命を付記しておく。局長と課長はアインが入力するデータをチェックする権限を持っている。課長のところではフリーパスだったが、局長はそのデータを削除した。

この一事からしても、課長とアインがこの世から消される運命にあることが分かるというものである。

8

ヨーロッパ、とくにドイツとフランスにアフリカ、中東からの難民、移民が押しかけていることは前に思い出したとおりであるが、まずはヨーロッパと地中海を挟み、赤道をまたいで南半球にひろがるアフリカの方から思い起こしておこう。

アフリカ大陸は、エチオピアから二〇万年前のホモ・サピエンスの化石が発見されて人類発祥の地とされ、古代エジプト文明が発達していたところであるが、砂漠、沼沢地、ジャングル、山地が多く、そのうえ海岸近くまで台地が迫って断崖を形成しているために、サハラ砂漠南部には航行可能な川がない。こういう地政的条件に制約されて、文明を長く維持し、開発を進めることが困難な大陸である。

このような条件を背景にして、政治はいきおい独裁制に流れやすく、チュニジア、ナイジェリアでは王政が復古した。

王制が敷かれるということは、それなりに国家統一がはかれたということであるからまだましであるが、独裁制しか成り立たない国家では内紛が絶えることはない。宗教、資源、開発、軍備等々をめぐって、熾烈な権力闘争が起こり、アフリカ大陸では、まるでもぐら叩きゲームのように紛争が勃発する。当然のことだが、そういう紛争地から大量の難民が生まれ、砂漠や地中海を越えてヨーロッパになだれ込む。中には大西洋を渡ってアメリカ合衆・連邦国に逃れる難民もいるが、合衆・連邦国の難民・移民排除政策によって上陸を阻止され、大海原を漂流することになる。

中東は、相も変わらず世界の火薬庫としての役割を果たしている。テロ、内紛、資源の争奪戦、宗教戦争。一党一派が旗を掲げればA国が支援し、対する他党他派をB国が後押しをして、双方が武器を注入する。

役割？

それはそうだろう。中東にはアメリカ合衆・連邦国をはじめとして、ヨーロッパ、ロシア、中国、インドなどのあらゆる国の軍需産業が生産する武器の消費地としての役割を担っているのだから。

それならば、その見返りに中東からやって来る多くの難民、避難民を受け入れてもよいはずだが、そうはならない。

では、アジアはどうだろうか。

中国は、アジア大陸の中央に位置して、地政的には有利なはずであるが、その有利な位置を台無しにしてしまったのが経済である。すなわち、見せかけの経済成長を維持するために、実体経済の三〇倍に及ぶ通貨を発行して、将来生むはずとされていた架空の価値が、実際には実らなかったのである。つまり、先取した中身のない価値を埋めることができず、経済が崩壊してしまった。この経済的な破綻によって、人々はその日の糧を得ることもできないほどに困窮した。そして、当然のことながら政治的にも影響を及ぼした。それまでも共産党が一党独裁で政権を担い、言論の自由を制限するなど人権侵害があったが、いっそう思想の締め付けが過酷になり、共産主義の名のもとに、紅衛兵が横行する時代に戻ってしまった。そのような経済、政治の動きに耐えられず、かねてから差別を受けていた少数民族が独立運動を起こし、八つの小さな独立国家ができた。

中国を除く周辺のアジア諸国は、多くは海に囲まれた海洋国家であるが、二〇年このかたの領海を維持して何とか生き延びている。中国の衰退によって、中国による領海侵害がなくなり、胸をなでおろしているが、保護貿易主義がはびこって輸出量が減ったため、じり貧状態に陥っていることは避けられない。

アジアの中ではインドだけが光彩を放っている。
インドは、人口が一四億人に膨張し、多様な民族、宗教、言語を持っているが、そのことは弱みになっていない。むしろ現在では強みになっている。それは、政治的にはカーストという社会的身分制度を法律で禁止し、国民のエネルギーを吸収することができるようになったからである。そして、インドではハイテク企業が隆盛になり、世界中から知能を集めている。しかし、そのインドでも、問題がないわけではない。世界中から集まった学者や技術者は、カースト制度に郷愁をもっている人々から、身分上では最下位とされているシュードラの下と扱われているからである。したがって、街角で唾を吐かれたり、飲食店でひじ鉄を食ったりすることがある。こういう細々とした差別が不満となり、いつか爆発しないかと懸念されている。

ユーラシア大陸北部にある広大なロシアは、今や見る影もない。

内陸のロシアは、冬は冬将軍に支配され、夏は酷暑になり、底から水が湧く程度の川しかない貧しい土地で、もともと人間の生存にとってはぎりぎりの条件しか備えていない。共産制という独裁政治のもとで、一時は軍事力と恫喝で世界各国と張り合ってきたが、共産制の連邦が崩壊したあとも、独裁政治は続いていた。しかし、その恫喝の咆哮も今は恐れる国はなくなってしまった。とくに、アメリカ合衆・連邦国でシェールオイルと水素ガスを採り出す技術が発達してロシアから石油を輸入する必要がなくなると、貿易によって経済をやりくりする手段がとだえた。長いパイプラインを通じてヨーロッパに向けて輸出する原油と天然ガスが頼りであるが、中東の原油価格が暴落しているので、その頼りの綱もこころもとない。

アメリカ合衆・連邦国のひとり勝ちで、北半球は凋落し、疲弊しているが、南半球のオーストラリア、ニュージーランドの二つの国は、温暖な海に囲まれ、騒々しくて煩わしい諸大陸から隔離されている。この二つの国を思うだけで、人々は穏やかな気持ちになるようである。したがって、ここはいきおい、リゾート地、観光地として繁栄している。

ここまで、一月ほど前にアレクサンドロス一九世から出力したデータを思い起こしながら地球上の地政を見てきたが、それぞれの国がその版図を治めることができているかと言えば、またそれは別の話である。

というのも、多くの国では、版図を治められない状況になっているからである。そう言えば、内戦とか分裂とかを頭に置くのが普通だろうが、たしかに、そのような国も少なくない。しかし、内戦や分裂がなくても、ネグレクトということがある。ちょうど子どもを虐待するときに、暴力をもってしなくても、ネグレクトによって虐待するのと同じように、版図の一部を放棄するのである。

したがって、そのような地域は、無法地帯になる。しかし、そういう無法地帯にも人が住む。合衆・連邦国のゴーストタウンやフランスのビュジェ原子力発電所の爆発による汚染地域はその例である。とくに合衆・連邦国にはゴーストタウンや鉱山の廃坑や廃業した工場跡地が多く、棄民政策を実施するために、うってつけの地域が多い。

しかし、捨てられた人々が座して死を待つかと言えば、そうでもない。無法地帯に放り投げられてもすぐに立ち上がって、何とか生き延びようとするのである。発生的にはさまざまなパターンがあるが、グループをつくって知恵や力を集め、場合によっては、自治都市と言われるほどの社会をつくることがある。

しかし、自治都市は、無法地帯に捨てられた棄民がつくるところだけではない。

世界各国には、形のうえでは施政が及んでいることになっているが、事実上放棄されている都市がある。そういう都市は、自治都市宣言をして、国の支配から離脱する。国によっては自治都市宣言を反乱とみなして制圧することもあるが、多くの場合は制圧する力がなく、自治都市宣言を黙認する。しかし、自治都市の側も、一つの国家として独立を宣言するほどのエネルギーはない。したがって、そのまま放っておかれている。

強大な実力を誇る合衆・連邦国には自治都市はないが、その他の大陸には、大小さまざまな自治都市がある。したがって、世界地図の上に自治都市をおとせば、南北アメリカ大陸以外は、まだら模様になる。しかし、合衆・連邦国には地図に表示されるほどの自治都市はないが、それに近い組織を持った地域はある。

自治都市の規模と力量にもよるが、多くの自治都市には自警組織がある。しかし、軍隊はない。また、裁判権はないとされているが、仲裁機関があって、あらかたの紛争はその仲裁で解決される。もとより、独立の議会も役所もある。そして、重要なことは、独自の通貨を発行していることである。この通貨が国際金融市場で認められれば、立派に世界中で通用する。そして、その通貨はしばしば投機の餌食になる。

9

私がアレクサンドロス一九世から地政学に関する膨大なデータを出力し、整理して提出したものをざっと要約すれば以上のとおりである、とアインは考えた。しかし、この独居房の中の自分にはまだたくさんの時間が余っているようだ。

アレクサンドロス一九世の人工知能がアインの脳を占領しているお陰で、人工知能が考えそうなとおりにアインの脳は動きはじめた。

モノは、各国が関税障壁を設けて保護貿易主義をとったために、ひところの自由貿易が喧伝された時代に比べて、著しく流通量が減った。したがって、それぞれの国が可能な限り自給自足でやってゆかざるを得なくなった。

しかし、このことは裏を返せば、自給自足でもやってゆけるということである。農業は、品種改良や農薬、農具の進歩によって収穫量が上がり、投入する労働力は少なくてもすむようになった。そのうえ、バイオテクノロジーの発達によって、各国の食糧自給率は押し上げられた。

漁業は、養殖漁業や遺伝子組み換え魚類の開発で、海を持っている国の漁業生産量は増大した。海を持っていない国では、畜産が盛んになった。遺伝子組み換えによる牛、豚、鶏はもとよりのこと、体細胞コピー技術の進歩によって人々はコピー牛、コピー豚、コピー鶏をたくさん食べるようになった。

建築資材の大部分は、石油から合成した化学物質やかつて中国が世界中にばらまいた鉄鋼やコンクリートを加工しなおして使用するおかげで、林業は間伐をする程度で十分になった。こうして、衣食住の大部分を、たいていの国は国内で賄えるようになったのである。

では、ヒトの移動はどうであろうか。

地政学を概観したことによって分かったように、一部の例外を除けば世界はアメリカ合衆・連邦国の独壇場である。合衆・連邦国以外の国は紛争地か、そうでなければ陰惨でじり貧の国々である。そのような国に住んでいても、夢も希望もない。いきおい合衆・連邦国に世界中から人が押しかけることになる。ところが、南北アメリカ大陸が一つになったために、大陸の中には国境線がなくなった。一五年前にはアメリカ・メキシコ間の国境に高さ四メートルの擁壁があったが、それも撤去された。したがって、合衆・連邦国を目指す移民や難民は、海から上陸するか、空から潜入するしか方法がない。これに対して合衆・連邦国は、海からの侵入に対しては、長い海岸線の約六割に背の高い防潮堤を設け、残りの四割は二〇〇〇メートル間隔に巡視船と軍艦を配備して、徹底的に撃退することにした。また、空からの侵入は、移民や難民は航空機をチャーターしたり、戦争を仕掛けたりすることができなかったので、正式に搭乗手続きをして潜入するしかない。そうして首尾よく潜入して、口実をもうけて亡命することになるが、それが成功するのは、限られた人数の芸能人、学者、政治家だけである。

その他に、中東やアフリカの紛争地からドイツやフランスに難民が押しかけることなどがあるが、全体的に見れば民族大移動というほどのものではなく、ヒトの移動は低調である。観光などによる一時的な移動も、少なくなってきた。

モノとヒトの移動が低調なのに比べて、カネの移動は、コンピュータ上の取引によって極めて活発である。毎秒「京」の単位のカネが金融市場を飛び交っている。モノの移動が低調なのにカネの移動が活発だということは、モノの移動に関係なくカネが動いているということである。つまり、モノとカネの関係が無関係になって、ほとんど遮断されたということである。もっと難しい言葉で言えば、要するに実体経済と関係なくカネが動いているということである。

もとより、各国には老朽化した機械設備があって、細々とモノを生産している。したがって、その範囲内ではカネは動いている。しかし、その何億倍ものカネが、それとは関係なく金融市場でやり取りされている。これらのカネは、ほとんど通貨の増刷や観念上の信用によってつくられた架空のカネである。では、何のためにそのようなカネが作られ、やり取りされているのだろうか。それは、ゲームの道具として作られているのである。

一世紀ほど前の日本には、ベーゴマという鋳鉄製のおもちゃがあって、子どもたちはバケツの上に湿らせた厚めの布を張ってその中でベーゴマを回し、相手のベーゴマをはじき出して、はじき出したベーゴマを獲得するというルールのもとで遊んだものである。ところがそのうちベーゴマを回す労力を省略して、強いベーゴマ一個と弱いベーゴマ三個とを交換するというような取引が遊びの中心になった。しかもその交換比率は見込みと駆引きによって決めたという。二〇年ほど前からビットコインという仮想通貨が流通している。このビットコインの取引は、ベーゴマの取引とそっくり同じである。このベーゴマもビットコインも実際の経済とは何の関係もない。そして、ビットコインは各国の中央銀行が発行している通貨と区別ができなくなった。中央銀行が発行する通貨とビットコインの区別がつかなくなったということは、通貨がビットコインと同じになったということであり、ビットコインの取引がベーゴマの取引と同じであるから、結局通貨はベーゴマと同じということになる。つまり、二〇三八年のカネの動きのほとんどは、ベーゴマのやり取りと同じになったのである。

このことは、経済学者が唱えていた生産過程のシェーマ、つまり生産の枠組みが使えなくなったということを意味する。ということは、もはや資本主義は終わっているということである。カネが動き回っているので、頭に「金融」という語をつけて金融資本主義などともっともらしく唱えて、まだ「資本主義」にこだわっている学者や評論家がいるが、もはやその「金融」でさえなくなっているに等しい。すなわち、カネを融通して経済を動かすことはなくなり、カネはポーカーのチップに過ぎなくなったのである。言うまでもなく、そのチップは、合衆・連邦国にかき集められる。

資本主義が終わっていることは、労働力が商品でなくなったことからも分かる。情報技術や人工知能の発達で、衰退したり撲滅されたりした職業が山ほどある。ということは、失業者が山ほどいるということである。国によって失業率は異なるが、世界全体の平均失業率は七一・四五パーセントである。あのひとり勝ち合衆・連邦国でさえ、六四・〇九パーセントになっている。言うまでもないことであるが、サービス業の職場は、ロボットに占領されている。このロボット労働者は、人間の労働者の中にカウントされていない。ロボット労働者を人間の労働者に換算して計算すれば、世界全体の平均失業率は、一一・四四パーセントになる。

唯一資本主義らしいところが残っていると見えるのは、核兵器や武器やミサイルを製造する軍需産業である。

しかし、ただ一つ隆盛を誇っているアメリカ合衆・連邦国は、シェールオイルや水素ガスによってエネルギー問題を解決したために、大洋を渡って石油を収奪する必要がなくなった。このことは一見、戦争の必要がなくなり、平和がおとずれたものと受け取られるかもしれない。しかし、ことはそんな簡単なものではない。

合衆・連邦国にとっては安全保障上の同盟や条約の必要がなくなったので、徐々に外国にある軍事基地から撤退し、ついには世界の警察としての地位を放棄した。つまり、他国との友好関係を結ぶ必要がなくなったということであるが、むしろ移民や難民を排除するためには、友好関係は邪魔になった。こうして、歴代大統領は、合衆・連邦国オンリーという旗印を掲げてポピュリストとしての本領を発揮した。

こうして、最も豊かな合衆・連邦国が自国の利益しか考えないようになると、そのことは、他の諸国に波及した。すなわち、国家間の友好関係は価値がないものとして扱われ、世界全体がひび割れを起こしてきたのである。

では、戦争はなくなったかというとそうではない。合衆・連邦国をはじめとする各国が、人工知能や先端技術を投入して開発に血眼になっているのは軍需産業である。その他の産業は、需要がなくなって低迷しているが、軍需産業だけは隆盛を誇っている。言うまでもないが、戦争さえあれば軍需産業には需要が生まれる。そこで、軍需産業は金融市場からカネを引き込むルートをつくってさかんに兵器をつくり、その兵器を世界中の紛争地で消費する。とくに合衆・連邦国には膨大な軍需産業があり、莫大な兵器を生産する。そして大統領は、その兵器を他国に売り込むセールスマンを兼務することになった。

前世紀までの戦争は、領土を拡張したり、石油利権を収奪したり、金銀財宝を略奪したり、それなりに資本主義の目的である利益をもたらした。しかし、二〇三八年の戦争は、何の利益ももたらさない。ただ兵器を消費するだけである。資本主義らしいところは、金融市場からカネを引き込んで、兵器を国に売り渡すことによって利益を得る部分だけである。消費というもう一つのファクターを加えれば、軍需産業は再生産の方式には乗らないので、資本主義は回らなくなる。しかし、兵器を作るだけでは、兵器が増えるばかりで置き場にさえ苦労する。したがって、まったく対価が期待されない消費をする必要がある。こうして、つくられるのが兵器の捨て場すなわち戦争である。

中東やアフリカ、それに中国やロシアの辺境で起こる戦争は、表向きは民族や宗教の対立が原因とされているが、じっさいは、合衆・連邦国をはじめとする各国の軍需産業が、一派の首領に肩入れしたり、けしかけたりして、わざわざ兵器の消費場所を作ったものにすぎない。
しかし、このような漫画のような馬鹿馬鹿しいことを笑ってはいけない。人類はこれに似たり寄ったりの漫画を延々とつくったり、見せられたりしているのである。

ここで、アインが所属していた国策省の核兵器廃絶局について説明しておかなければならないだろう。

核兵器廃絶局と名乗る以上、核兵器廃絶に向けて熱心に取り組むと思われるかもしれない。しかし、二〇三八年にもなると、人心が荒廃して嘘を平気でつくのが当たり前になっている。そして人々は、嘘をついた方が得をすることをしっかり学習している。これは、国家の役所でも同じである。したがって、名は体をあらわすどころか、体とは逆をあらわすことがしばしばある。核兵器廃絶局というネーミングもその伝で、合衆・連邦国は核兵器廃絶に取り組まないということをあらわしているのである。つまり、核兵器廃絶局はカモフラージュどころか、核兵器を使用することがあるという意思表示であり、世界に向かっての恫喝である。げんに、合衆・連邦国は、核兵器禁止条約に反対し、参加していない。核兵器の保有数は、二〇三八年一月一日現在、合衆・連邦国が一五〇〇〇発、ロシアが八〇〇〇発、中国が一五〇〇発、イスラエルが三〇〇発、フランスが二五〇発、イギリスが二三〇発、インドが二〇〇発、パキスタンが一八〇発、北朝鮮が一〇〇発、イランが三〇発、ベルギーが二〇発、台湾が一〇発、マレーシアが六発、エジプトが五発である。

しかし、一九四五年に日本のヒロシマ、ナガサキに原子爆弾が落とされて以来、二〇三八年の現在まで戦争で核兵器が使用されたことはない。とはいっても、核兵器は恫喝の手段として度々使われている。人工知能が成長するにつれて、合衆・連邦国の大統領が核兵器を使用する確率を予測することができるようになった。何をするか分からない前大統領が核兵器を使用する確率は、アレクサンドロス一九世によれば三三・三三パーセントだった。これに対して、現大統領の確率は、〇・七一パーセントであった。この数値は、世の中の平和主義者を安心させるものではある。

さて、漫画のような馬鹿馬鹿しいもの……最初につくられた、それは何だろうか。

「神！」と思いついた瞬間、アインは、それはアレクサンドロス一九世が出す答えとは違うと気づいた。アレクサンドロス一九世はこうは言わないだろう。ただ、アインの脳に入ってきた人工知能の方式を動かせば、どこでどう自分の脳が混ざったのかは分からないが、違う結論がでてくるものがあるものだ、と不思議な気持ちがした。アレクサンドロス一九世の人工知能がアインの脳を占領しているのは、過去のデータとそれに基づいてつくられた思考回路の部分だけである。まがりなりにも生身の人間であるアインは、その他に自分の遺伝子がつくった脳がある。その脳が少しでも動けば、アレクサンドロス一九世が出すはずの答えとは別の答えが出てくる。これまでは、試したことがなかったので気づかなかったが、独居房にぶち込まれてみると、そういうところが動きはじめたようである。しかし、アインには、何か不思議な気持ちが起こっただけで、しっかりとした自覚はなかった。

10

アレクサンドロス一九世の姿をはじめて見たのが午前三時であったから、その日の日付が変わったとは思えないが、しかし、ずいぶん長い時間が経過したような気がする。

独居房のベッドの端に腰掛けたり、硬いベッドの上に横になったりして、不自然な姿勢を続けたせいで、肩や腕や腰が硬直して、やけに痛い。しかし、頭脳はとても冴えている。

アインは、地政学を思い起こすことに一段落がついたので、ベッドの上に仰向けに倒れ込んだ。天井には、大小のシミがついている。中には、赤黒い大きなシミがある。あのシミはいったい何がつけたものだろうか。もしかしたら、ここで処刑されて、飛び散った血の痕かもしれない。

しかし、それがどうしたというのだ。

もともと自分の命は、児童養護施設に入れられる前からなかったも同然である。それが、ＡＩ要員として選別され、飼育されてきたために、長らえただけである。いずれはもう要らない、邪魔だと言われて消される運命であり、それが案外早かっただけのことである。ここで消されようが、どこで消されようが、それは同じことである。自分には、もともと生きる価値も分からないし、死ぬということも分からない。

そんなことをとりとめもなく考えていると、ガタンと音がしてドアが開いた。そして、人間の男の姿をした黒装束が部屋に入ってきて、アインの二の腕を鷲づかみにした。

「痛いっ。そこはとくに痛いんだ！」

とアインが叫んでも、その黒装束は容赦なく無言でアインを部屋から引きずり出し、二の腕をつかんだまま廊下を歩きだしたので、アインはやむなくその歩みに従って足を引きずりながら、

「あんたはロボットか？」

と聞いた。黒装束はアインを振り返って、ウインクをして、にやりとした。

しかし、ウインクをしたからと言って人間であるとは限らない。その程度のしぐさなんかで信用するものか。

と肝に銘じたものの、ウインクに免じて、とりあえずは、人間の男としておこう。

男は、長身で筋肉質の肉体を持っていた。眉間に皺をつくり、難しい顔をして、アインの腕をグイグイ引っ張り、エレベーターに乗せ、エレベーターが止まったところで今度は長い廊下をさらにアインをぶら下げて行って、小さなドアを開けた。

外は真っ暗の暗闇だった。久々に戸外に出た、と思う間もなく、アインは、目の前に駐車していた大きな乗用車の後部座席に放り投げられた。そして、男は運転席に乗り込み、ものも言わずにギアを入れるとすぐさま猛スピードで車を走らせた。

車はどんどん走った。一つ二つ灯りがついているビルがあったが、ほとんどのビルは、黒い塊りである。その左右の黒い塊りをうしろに追いやりながら、車はさらにスピードを上げて走りに走る。男は終始無言である。そう言えば、アインはこの男の声を聞いたことはない。アインが何を問いかけても、この難しいご面相は答えないだろう。後部座席からは正面を向いてひたすらスピードを上げて運転している男に取りつく島もない。

いい加減長く走った後で、左右に建物は見えなくなった。そのあとでも、車はぐんぐん走った。もう、何がどうなっているのか分からない。やがて、地平線のあたりが少し白くなってきた。夜が明けようとしているのかもしれない。

車はそれからしばらく走ったあとで、いきなり停車した。そして、男は、アインの掌を握って車の外に引きずり出した。外は、干からびた荒れ地で、そこに明け方の光が射しはじめていた。

男は、乱暴にアインのガウンを引きはがしてまっ裸にした。一一月の冷たい風が、痛い首と肩と腕と腰とを刺し、アインは思わず、

「痛いじゃないか！」

と叫んで、男を睨んだ。

男はかまわず車に戻って、補助席から荷物を取り出し、アインにそれを手渡した。

それは、灰色のパーカーと下着と洗いざらしの青いジーンズだった。

アインが下着を身に着けようとして屈んでいる間に、男は運転席に乗り込んでエンジンをふかし、すぐに車を走らせてアッと言う間にアインの視界から消えてしまった。

アインがジーンズをはき、パーカーを着たときに、ポケットに何かゴワゴワするものが入っていることに気がついた。そのゴワゴワしたものを引っ張り出してみると、それは皺くちゃな薄い茶色の紙で、そこにたどたどしい字が書いてあった。アインはその字に急いで目を走らせた。

ワシが受けた命令は、あんたをここで気体にすることでな。そんで、車のボックスには気体にするくすりやらどうぐやらが入っている。だけんどワシらは、あんたを気体にせんことにした。ちょうどかっこうの死体が出て、それも裸にしてボックスにつめこんである。かわりにその死体を少しはなれたところで気体にすることにしたんよ。だから、あんたはもうこの世にいないことになる。わかるか。しかとこころえよ。あんたのガウンには、とうちょうきやジーピーエスきのうがいっぱいついている。ワシのせいふくも同じこと。だから何も言えんのよ。わるく思うな。ワシがあんたのガウンを上にわたせば、ワシのやくめは終わり。それであんたが気体になったことがみとめられる。こんなことは、にんげんにはできるが、ロボットにはできん。にんげんにはにんげんのプライドちゅうモノがあるんよ。あんたもそのうちにわかる。このぶんしょうを読んだら、ただちにこの紙を食うべし。インクにはドクははいっていない。

アインは、もう一度読んで、全文を脳に刻み込んだ。

そして、紙を丸めて口の中に押し込み、ゆっくり咀嚼した。そのあとで少しずつ喉に通し、それが食道を通過して胃に収まるのを確認した。

これでひとまず安心だ。なぜだか分からないが、私は殺されずにすんだのだ。アインは、立っている位置からぐるりと周囲を見渡した。右手三分の一ほどは背の高い枯れススキの草原であるが、その他は赤茶けた原野である。

車はどこに行ったか分からない。しかし、一分も走れば、私の視野から消えるのは当然だろう。気のせいかもしれないが、かすかに脂の焦げたような腐ったような匂いがする。

11

アインは、見えている三分の二には何もないことが分かっているのだから、先の方が見えていないススキの原の方に行くしかないと考え、密集して首を垂れているススキの林を分け開いて先に行くことにした。よく見ると、覆いかぶさらんばかりの枯れたススキの穂に隠されているものの、幅三〇センチほどの細い道があることが分かった。

この道を行ってみよう、アインは両手を開いて足をその道に踏み入れた。

しかし、行けども行けども枯れススキの林だった。穂先に肩や腕を衝かれて、その都度全身に激痛が走った。痛い！　痛い！　少し油断すると、今度は目を刺された。これではどうにもならない。それでも、ススキの道はまだまだ続く。道は、ときどき細くなったり、途絶えたりした。ときには丘を登り、ときには谷をくだり、道は延々と続いた。腹が減り、喉が乾いた。それでも、ススキの穂は両側から道に覆いかぶさって、尽きることがない。

アインがうつむき加減に黙々と歩いていると、突如視界が開いて、ススキの原は終わった。見上げると太陽は、中天を通り過ぎて、やや西に傾いていた。

そして、目の前に、バスの駅があり、おんぼろバスが一台停車していた。

アインは、そのバスに乗り込んだが、誰も乗っていなかった。腹が減って、喉が乾いて、もう一歩も歩けない。このバスが動くのかどうか、動いてもどこに行くのか分からないが、とにかく休んで発車を待ってみよう。そう考えて、アインは後部座席の方に行って、ドスンと腰をおろし、両足を投げだした。

しばらくして、四角い形をした初老の男が乗り込んできた。その男はアインをジロリと一瞥して、前方の座席に腰をおろした。するとまた、今度は細長い形をした中年の男が背を丸くして入ってきた。その男もアインを一瞥して、四角の男の隣に腰かけた。四角が細長に、

「どうじゃい、不動産の仕事は繁盛しとるかい」

と問いかけると、細長は、

「ぜーんぜん。土木屋は？」

と言った。

「なんもあるわけないじゃろう」

「うん。知事が終点の都市計画を投げだしてから、さっぱりだ」

バスが動き出した。おんぼろバスではあるが、運転手を必要としない自動運転のようだ。

バスは、しばらく左右に車体を揺らしながらゆっくり走り、ほどなくして停車した。四角に続いて細長がバスから降り、最後にアインが降りた。

そこは、造成地のようなところで、むき出しの土地のあちこちに、ほこりをかぶった背の低い大小の建物が立ち並ぶ廃墟だった。建物は、まるで土でつくったようにぼってりとしていた。

不動産業者と土木屋は、

「見ておかなきゃならない物件があるからな」

「俺も」

などとつぶやきながら、建物の壁を手で押したり、開け放たれているドアの中に入って天井を見上げたりしていた。

はじめのうちは、二人の他には誰も目に入らなかった。アインが曲がりくねった通路を行ったり来たりしていると、崩れかけた商店が並んでいるところに出た。おそらく知事とやらは、このあたりを商店街にするつもりだったのだろう。気がつくと、どこから湧いてきたのか、三々五々人が集まってきた。その多くはこの廃墟を見学にきたようだった。中には、

「ここよ、このお店よ」

と言った女性に、

「そうね。懐かしいわね」

と老女が答えるグループがあった。

見ると、その店とおぼしい場所には壊れた自転車が二台横になっていた。

アインが戸外で人に交わるのは久しぶりだった。この前は何年前のことだっただろう。

そんなことを考えているうちに、アインは不動産業者と土木屋を見失ったことに気づいた。ア

インは心細くなって、

「おーい」と大声を出した。

大声を出したのも久しくなかったことである。その前はいつのことだったろうか。しかし、思い出せない。声はむなしく廃墟にこだました。

視界からは、人の姿が消えてしまった。

もともとアインは孤独であったが、それが当たり前と思っていたから、孤独感という言葉を知らなかった。しかし、この底知れぬ寂しい思いはいったい何だろうか。

この廃墟にやってきて、感情というものが少しでも動きはじめると、最初に襲われたのは、この底知れぬ寂しさ、その寂しさのまた奥にある恐ろしさであった。しかし、この寂しさ、恐ろしさは、いったい何だろう。どうしたらよいのだろう。

アインは、茫然として立ちすくんだ。

静寂、そしてまたさらに静寂。

どれほどの時間が経過したのか分からないが、あたりは薄暗くなってきた。

その薄暮の中から、襤褸をまとった老女が足音を立てずにやってきて、アインに右手を差し伸べた。その掌には、握り飯と紙コップが乗っていた。

アインは紙コップを奪い取って、中の水を一気に飲むや否や、今度は握り飯を奪い取って、嚙むのももどかしく飲み込んだ。

老女は、かすかにうなずいて、背中を見せて立ち去った。

アインはまた茫然自失した。

しかし、枯れススキの原に足を踏み入れてから握り飯を腹に収めるまでの長い時間の中で見たものの逐一は、すべてに既視感があった。

12

うすぼんやりと周りが見えるうちに、ここを脱出しなければならない。

アインは、脳幹が発する危険信号にしたがって、とにかく土に覆われた建物群が並ぶ奥を目指して歩くことにした。しかし、冬のはじめは暗くなるのが早い。それに、薄い下着とパーカーだけで耐えられる寒さではなくなってきた。この寒さが首、肩、腕、腰を痛撃して、ズキズキする痛みはもうどうにもならない。

それでも、前へ前へと進むしかない。アインが足を速めて歩いているうちに、もはや墨色になった左右の建物がだんだん少なくなり、壊れかけた黒い小さな小屋を最後にして、建物はもう見えなくなってしまった。

アインはたった独りでいることがどういうことか、そのときの気持ちをどう表現するか、ということを知らず、その言葉を持っていない。それは、学校にも通わせてもらえず、育ててくれる家庭もなく、一〇歳のころから社会の中で生活をした経験がないから当然と言えば当然だろう。

人と交わる機会は、施設の職員や特殊な英才教育をする年長者だけで、それも必要最小限の人数が必要最小限の無機質な命令を発し、アインはその言葉に従って、機械的に行動するだけであった。国策省の核兵器廃絶局基本戦略課に配属されたのちも、ほぼ同様であった。アインは、執務室のベッドに寝起きし、小窓から差し入れられた食べ物を執務室で食べ、執務室の手洗いで排泄していた。ときどき部屋係と短い言葉を交わすことがあるが、その係も人間だかロボットだか知れたものではない。上司の課長とは仕事上の報告をしたり、資料の提出をしたりすることがあるが、それもほとんどが電子メールのやり取りである。会って話をしたことは、この三年間で五回だけである。局長とは電子メールのやり取りすらしない。会ったのもアレクサンドロス一九世のご宣託を聞いたあの日が最初で、たぶん最後だろう。

したがって、アインはもともと孤独であるから、「孤独」という言葉を知らない。その言葉を知る必要もない。「孤独」などという言葉は、孤独でなかった人が孤独になったときに使う言葉である。しょせん甘ったれた言葉に過ぎない。

しかし、こうしてまったく人々から遮断され、社会から隔離され、人にも社会にも何の手掛かりがなくなってしまったら、さすがのアインも気が滅入ってきた。それから何とも言えない寂しさが目から胸におりてきて、そして胸の奥深くから底知れぬ恐怖が立ち上がってきた。

アインはその場に立ちすくんだ。これはいったいどういうことなのだろうか。

どれほどの時間が経過したのか分からない。あたりはもう真っ暗になった。

この暗闇を抜け出すことさえできなくなった。私の他には誰もいない。私の他には何もない。

今日は午前三時前からの長い長い一日であったが、とうとう行きつくところに行きついたということなのか。

何か白いものが空から降ってきた。寒い！

それに痛い！

アインは震えだした。

……するとその上下左右の細かい震えによって空気に割れ目ができたかのように、遠くの方に小さな赤い灯が五つ、六つ揺れるのが見えた。

とにかくあそこに行ってみよう。

足許を見ると、まだ道は残っていた。アインは灯の見える方に向かった。

辺りは真っ暗だったが、降ってきた白いものが雪になり、その雪がうっすらと地面に積もってきた。地面に温度差があったのか、道とそうでないところは積もり方が僅かに違っていた。その違いと雪の白さに助けられて、小走りに行くアインが道から外れることはなかった。

それでもいい加減走った。小さな灯は、いつまでも小さいままでなかなか近づいてはくれなかった。しかし、灯が逃げていくようでもなかったし、途中で消えることもなかったから、幻ではないようだ。

三〇分ほども走っただろうか。道がかすかにカーブするところを過ぎると、灯はにわかに大きく見え、その灯がぐんぐん近づいてきた。

アインは、スピードを上げた。ようやく最初の一つの灯りのところまできた。そして、その灯りに照らされているものを見て、ゾッとして足を止め、つんのめってしまった。危うく倒れるところだった。

ぼんやりとした暗く赤い灯に照らされていたのは、目の高さほどの木の柱に乗せられた四角い板の上に、横向きに置かれたしゃれこうべであった。

アインは、アレクサンドロス一九世とのやり取りをしているときに、画像上で度々見ていたのでしゃれこうべはよく知っている。アレクサンドロス一九世は白骨化した人間の頭蓋骨を、画像や動画でよくアインのデスクトップに送ってきて、脅迫や恫喝をしていたのである。

一瞬目をそらしたものの、アインは、なぜか惹かれるものがあって、向き合ってこの骸骨の目の穴を覗いた。

やはり気味が悪い。それに怖い。恐ろしい。自分の不吉な運命を予告するようで、目をそむけたくなる。

しかし、待てよ。今ただちにこの骸骨が私を襲ってくるわけではない。静かに、厳かに、この目は私を睨んである。気味は悪いが、ただそれだけのことである。

わるいが、私はまっすぐ向こうの方に行くよ。

アインはしゃれこうべに挨拶をしたような気持ちになって、先に進んだ。

ところが、骸骨はそれ一つではなかった。遠くから灯りが五つ、六つ見えていたから当たり前のことであったが、案に相違して、最初の入り口のしゃれこうべの先には、ずっと先の方まで、赤黒い灯りが並んでいた。

アインは、覚悟を決めて両側の灯りの間の道を前に進むことにした。しゃれこうべは、最初のしゃれこうべと同じように、道に向かって五メートルほどの間隔で並んでいた。大小や個性があるかどうか、アインには確かめる余裕はなかった。急ぎ足で進みながら、アインはそれでも、ときどき横を向いて骸骨を振り返った。見るたびに恐怖が走った。しかし、見れば怖い思いがすると分かっていても、ときどき横を見なければという気持ちになる。

行っても行っても、しゃれこうべの行列である。

怖い、怖い、と念仏を唱えるようにつぶやきながら急いでいたが、痛んでいた腕からスッと力が抜けるような感覚がやってきた瞬間、何かを飛び越えたような言葉が胸に飛び込んできた。

〈この人たちは、私を迎えてくれようとしているんだ！〉

そう思う間もなく、何か、温かい球のようなものが、腹の底からこみあげてきた。

間もなく、しゃれこうべの行列は終わりになった。

目の前に粗末な木組みの家があり、建物の割には大きな扉があった。

雪はすでに本降りになっていて、かなり積もっていた。アインは、扉の桟に乗っていた雪を払って、扉を開いた。

赤い火が燃えている暖炉を背にして、白い半袖のシャツに洗いざらしの空色のズボンをはき、肘掛け椅子に腰かけていた男がアインに目をあげて見た。

男は、アインよりも一〇歳ほど年長に見えた。

13

男は立ち上がって、アインに自分が座っていた椅子に座るように勧め、自分はその目の前にあった小さな丸椅子に腰を下ろした。アインが暖炉を背にして、男と向き合う形になった。

「アインさんですね」

「そうです。子どものときにアインというのは『一』という意味だと聞きました。それからずっとアインと呼ばれています。番号ではなくて、名前だと思ってくれていいです」

アインは話しながら、この人の前ではいつになく言葉が出てくる、と不思議に思った。

「私は、エスです。アルファベットのエスです。前にエイ、ビー、シーなどという人がいて、順番がきて私がエスになったと聞いています。何の順番ですかね。まあ、いいか」

と言って、エスはにっこり笑った。

つられてアインも笑った。何がおかしかったのか分からないが、とにかく笑った。これが笑うということなのか。とにかく笑うことができた。なんだ、簡単なことではないか。

「私は今日の当番です。この『生者の迎える道』を通って私たちの村においでになった人には、その日の当番がここでこの村の紹介をすることになっています」

「生者ですか。あれは死んだ人のしゃれこうべでしょう」

エスは、それには答えず、

「怖かったですか」

と言った。

「怖かった！　はじめのうちはね。それよりも寒かった。それに、首や肩や腕や腰が痛かった」

「寒い、痛いということは、あなたが人間の肉体を持っている証拠です」

「それはそうですよ。私は人間ですから。ロボットではありませんから」

「そうですよね。でも、あなたはアレクサンドロス一九世に憑依されていたから」

「憑依？　憑依って何ですか」

「とりつかれていたということです。そのために、あなたの脳は、アレクサンドロス一九世の人工知能に占領されていた」

「占領？　ああそれはアレクサンドロス一九世が盛んに使っていた言葉だ。でも、それは武力で他国の領土を取ることでしょう。脳を占領するなんて」

「占領という言葉は、独り占めする意味にも使うのです」

そう言って、エスはアインの目をじっと見た。

「たいへん失礼ですが、大切なことを言ってしまいますよ」

「……」

アインが黙っていると、エスは小さく頷いてから、アインの目を見ながら言い出した。

「あなたは、人工知能の専門家として、幼い時から特殊な英才教育を受ける過程で、人間の言葉から遮断されて、持っている語彙が少なくなっているのです。失礼な言い方になりますが、いわゆるボキャ貧ですね」

アインはエスの言っていることがほとんど分からなかった。しかし、言われて嫌な気がしなかった。しかし、ボキャ貧とやらはともかくとして、私のことを知っていることが解せなかった。

「どうして、私のことをそんなに知っているのですか」

「私たちが調べたのです」

と言って、エスは表情を少し硬くして、

「はっきり断っておかなければならないことですが、私たちは、アインさんを助けたのではありませんよ」

と言った。

それまでアインは誰かに助けられたという意識を持っていなかった。しかし、考えてみれば、ほんとならばもう気体になっていたはずだ。あの独居房から黒装束の男に引きずり出されたときにことは決まっていたのだ。これはたしかに助けられたということになるのだろう。

「では、どうして？」

「私たちはアインさんを必要としているのです。だからここに来ていただいたのです」

「必要？　どうして？」

「それは追々分かります。私たちはあなたが必要だから、まずアインさんに言葉を獲得してほしいのです」

「……」

「そのためには、あなたの脳とアレクサンドロス一九世の人工知能を分離し、いったんアレクサンドロス一九世の人工知能を追い出す必要があります」

「そんなことを言われたって、どうすればいいのか！」

「あなたは、荒れ地に放り出され、そのあとは自分の意志で、枯れススキの草原を分け進んだり、バスに乗ったり、廃墟を徘徊したりして、生者の迎える道を通ってここに来ましたよね。それは、アレクサンドロス一九世のプログラムにあったことですか」

「そう言われればそうじゃない」

「アインさんは、アレクサンドロス一九世の人工知能を自分の脳から分離する作業を、この道を通過する過程で、全部やってしまったのです」

「はあ？」

「あなたの脳は、もうすっかり人間の脳になっています。その脳は、どんどん言葉を獲得するでしょう。村の人たちと話をするとアッと言う間にボキャ貧から卒業です」

そう言うと、エスは相好を崩して笑った。

「ところで、もう寒くないですか」

「暖炉のおかげで身体が暖まりました」

「では、首やら肩やらの痛みは？」

言われてみて、アインははじめて気づいた。いつの間にか痛みはなくなっていたのだ。首も、肩も、腕も、腰も。

「ありゃ、痛みはとれています。どこも痛くありません」

エスは、ククッと声を出して笑った。

「あなたに憑依していたアレクサンドロス一九世が逃げ出したんだ。痛くなくなったというのは、その証拠です」

アインも笑った。その笑いには声もあった。

14

「ところで、この村の紹介でしたよね」

と言いながら、エスは立ち上がって暖炉に薪をくべ、丸椅子に戻ってから続けた。

「アインさんはあの国策省の地下からグルッと回って来ましたから、その行程は全部で一〇〇キロは超えたでしょう。しかし、それはグルッと回って来たからであって、直線距離にすれば、ここは首都から一〇キロしか離れていません」

「エッ？」

「そうですね。それは信じられないことかもしれませんが、この国は、いや合衆・連邦国だけでなく、他の国もそうですが、二層構造になっているのです。富めるものと貧しきものが極端に分かれてきて、物理的にも二層になったのです」

「そうではなくて、棄民政策によって、貧しい人は、廃墟などに棄てられたのではないのか」

「そうか。物理的という言葉がいけなかったのか。たしかに物理的には平面上で分離されたのだから、二層構造というのは形のないソフトの面で使う方が正しいということですね。マネー、信用、養育、教育、文化、アイデア、思想そして神。こういうソフトの面では、はっきり二層構造になったと言うことができる……」

エスは半ば自分に言い聞かせるように、そうつぶやいた。そして、顔を上げて言った。

「今アインさんが言った棄民政策というのは重要なポイントですよね。いったい政府や上層部の人たちは棄てた人々がどうなったと思っているのでしょうか」

「みんな死んだと思っているのでしょう」

「たしかにたくさん死にました。ここにたどり着く前に死んだ人とここに来てから死んだ人を合わせると六七四人になります。しかし、まだ生きている人はこの村に三一七人います。全部が全部死んだわけではありません。この村のような村落はあちこちにあります」

「いったいどうやって暮らしているのですか」

「放棄された土地を耕して麦やジャガイモを作ったり、家畜を飼ったりしています。首都に日銭を稼ぎに行く人もいます。村だけで通用する通貨もあります。まあ、大きくとらえれば、縛りのゆるやかな共同生活です。外から見れば原始の社会のように見えるかもしれませんが、やはり二一世紀の科学技術の洗礼を受けた人たちばかりですから、原始社会というわけにはいかないのです。パソコンもあればスマホもあればテレビもあります。電波を傍受する技術ぐらいは持っているのです。アレクサンドロス一九世のビッグデータにハックできないかと真剣に議論する人たちもいます」

「アッ、それは無理でしょう」

「どうしてですか」

「めちゃくちゃ暗号でガードされていますから」

「そういうことをアインさんから教えてもらいたいのです。でも、暗号を解読してほしいなどとは考えていません」

「暗号解読は私でも無理です。それに暗号がすでに変えられていることは、間違いありません。それを解読することは私にはできないことです」

「それはそうでしょうね」

「私から聞いていいですか」

「どうぞ」

と答えてエスはうれしそうな表情になった。アインの方から質問が出るようになったからだ。

「どうして、みんなが集まっているのですか」

「この村のことですか」

「そうです。どうして集まって村をつくったのですか」

「それは、生きてゆくためです。例えば、生きてゆくには食糧が必要です。自分の畑でジャガイモが獲れても、ジャガイモだけでは栄養分がとれません。しかし、棄民政策をとれば死んでしまうだろうと政府は考えたのでしょうが、棄民も集まれば、カツカツながら必要な栄養分はとれます。これは政府の計算外のことです。棄てる前にさんざん搾取しましたから、棄てたあとにみんながが集まる力も知恵も持っていないと甘く見ていたのでしょう」

「では、このことを政府は知らないのですか」

「もう気づいているでしょう。しかし、彼らには何かの手を打つ力はないのです」

「どうして？」

「ひと言で言えば、政府や上層部の頽廃が極致に達しているからです。もし手を打つとすれば、棄民を皆殺しにするか、世の中をよくするかのどちらかですが、どちらにせよそれをやり遂げるだけの気力がないのです。それでも、棄てられた民は生き残っています。そして、ただ生き残るだけでは人は満足しないのです。人が集まれば、まず食べてゆくこと、そして次に何をしようかと議論します。なぜ村をつくったのかと問われれば、何をすべきかと議論するためです。アレクサンドロス一九世に莫大な予算が投入されている今の世の中において、棄てられた私たちは何をすべきか、とさかんに議論しています。その議論にアインさんに参加してほしいのです。三一八人目の村民になってくれますか」

当然ここから抜け出すことなど頭になかったアインも、あらためて聞かれると、とっさにこたえることはできなかった。

「それにしても、あのしゃれこうべが不可解なのです。あれは本物ですか。模造品ですか」

「正真正銘の本物です」

「では、なぜああいう形で置いているのですか。死者に対する冒瀆じゃあないか」

「逆です。亡くなった方々を敬うために、あのような『生者の迎える道』をつくりました」

「生者！　それは嘘だ。死んでいるじゃないか」

「いえ、生者とは生きている私たちです。村民のことです。生きている私たちは、亡くなったあの人たちと一体なのです」

「それはちょっと分かりにくい……」

「昔から死は、再生の象徴だと言われています。これは、霊魂の永久性を前提にした宗教観から生まれた考えです。あるいは、骸骨を飾って死者を迎えようという文化もあります。そういうところでは、部屋の中に頭蓋骨を飾って、頭蓋骨と一緒に生活しています。しかし、ここの村民は、再生と言ってもそれとは少し違うのです」

「違うって？」

「頭蓋骨の中は空っぽです。それをよくよく知っておく必要があるということです。だから、『生者の迎える道』をつくっておく必要がある。そして、つまらないものが頭の中に入ってきたら、それを追い出していったん空っぽにする。そうすれば、脳が本来の姿になる。それが再生の意味だと考えているのです」

「もしかしたら私もそうなったのかな」

「その通りです。この村の人々は、ほとんど、いや全部と言ってよいと思いますが、無神論者です。もともとは、深い信仰を持っていた人もいました。しかし、そういう人たちも無神論者になりました。この村では、自由を尊重していますから、当然信仰の自由は認めています。だから、無神論者になることを強制したりしません。しかし、みんな自分の意志で、骨の髄からの無神論者なのです。なぜだか分かりますか」

「分かりません。しかし、アレクサンドロス一九世に四位一体説が強くインプットされているので、私も神には嫌気がさしています」

「そうこなくてはね。この村の人たちは、自分たちを棄てた手に神を見たからです。具体的に神がその手によって自分たちを棄てた、ということを現実的に見てしまったからです」

「では、なぜあのしゃれこうべたちと……」

「あの骸骨になった人たちも、例外なく無神論者でした。村民はみんなあの人たちを尊敬しています。しかし、それだけのためにあそこにいてもらっているのではないのです。かつての骸骨信仰とは異質のものだと思ってください。私たちが『生者の迎える道』をつくったのは、私たち生きた人間が、あの道を通ってこの村に来てくれた人とともに、もしヒトが神を造らなかったらどういう世の中になったか、歴史は変わっていたのか、これからも無神論によって活路を拓くことができるか、などということを考えたいと思ってつくったものなのです。骸骨になった人たちにもひと役かってもらっているのです」

「何だか面白くなってきました。そういえば、私もあの道が終わりになるころ、腹の底から暖かいものが出てくるのを感じました」

「アレクサンドロス一九世の鼻を明かすのも悪くないでしょう」

「まあね。アレクサンドロス一九世は、神とか、信仰とかという言葉をよく使います。だから私はそのまま上司に伝えていました。しかし私は、神を信じるということが何のことやら分からなかったのです。だから、無神論と言われれば、すっきりと腹に落ちます」

「で、村民には？」

「当然なります。村民にしてください」

「有難う」

と言って、エスは、右手の方を指さし、

「あのドアを開ければ、隣に寝室があります。そこに、パンとゆで卵と野菜サラダと鶏がらスープを用意しました。それを召し上がって、ゆっくりおやすみください。シャワーもあります」

と言い、ゆっくり立ちあがった。

15

アインは、その夜はぐっすり寝た。目覚めてベッドの上で背を伸ばして、窓枠の隙間から陽が差すのに気づき、起き上がって窓を開けた。

風は冷たかったが、陽が高く昇っていて、爽やかだった。

窓から外の景色が見えた。地面は昨夜の雪に白く覆われていた。右手に小川が流れていて、その奥には、林があった。そして、中央から左手にかけて、バラック小屋が三つ並んでいて、その先にコンクリート造りの横に長い四角の建物があった。

窓を開けて外の景色を見たことは、久しくなかった。過去三年間は国策省の執務室に軟禁されて、アレクサンドロス一九世とやり取りするために、コンピュータのデスクトップばかり見ていた。その執務室には外の広場を見下ろすことができる小さな窓があったが、その窓ははめ込みだったので、開けることはできなかった。

その前の約一〇年間も同じようなものだった。児童養護施設の部屋に閉じ込められて、入れ代わり立ち代わりにやってくる教員からレッスンを受ける毎日だったのだ。自分の手で窓を開けて外の景色を見るなんて、思い出せないほど前のことだ。

ドアをノックする音がして、振り返ると、半袖シャツのエスが部屋に入ってきた。

エスは、ガラスのコップに入った牛乳とトースト二枚をデスクの上に置いて、

「どうです？　村の景色は」

と言った。窓は、開けっ放しのまま、アインは答えた。

「いやあ、爽やかです。何年かぶりに窓を開けて外の景色を見ました。はじめてかもしれない」

「そうか。そうですよね」

と言って、エスは、アインの顔をまじまじと見て、

「アインさんはずっと軟禁されていたのですよね。だから、人間の本能を忘れているのだと思います。でも、遺伝子が目覚めさせてくれるだろう」

とひとり言のようにつぶやき、

「さあ、朝食を食べてください。これから話し合いがはじまりますから、アインさんも出てください」

と言って部屋から出ていった。椅子には、毛糸で編んだセーターが懸っていた。

アインがトーストを牛乳で胃の中に流し込み、セーターを着て、その上にパーカーを羽織り、窓を閉めて外に出ると、エスが扉の外に立って、遠くの方を眺めていた。

「そんな半袖シャツ一枚で寒くありませんか」

「私なら大丈夫です」

「大丈夫？　どうして？」

「私は寒いという感覚が起こらないようにすることができるのです。我慢しているのではないのです」

「えっ、どうやって？」

「意識的に脳に働きかけて、寒いという感覚のスイッチをオフにするのです」

「はあ？」

「でも、やってみればけっこうできるものですよ。人によって得意不得意はありますがね。本能が動き出してくれるのです。こういう世の中になっても、ヒトは生きてゆかなければならないでしょう」

と言って、エスは先に立って歩きだした。

長身のエスの足は速かった。アインは早足でエスを追った。

幅三メートルほどの道は雪で覆われていて、大きな靴の跡から見える部分で道が舗装されていないことが分かった。道筋には、先ほど窓から見たようにバラック小屋が三軒あった。どのバラック小屋も、細い丸太を立てて、不揃いの板を屋根にし、周りを汚れた毛布やビニールシートで囲った粗末なものであったが、その中に人間の生活があることは、アインにも感じ取れた。一軒目からは子どもの泣き声が聞こえた。二軒目からはものを煮る匂いが漏れてきた。三軒目からは子どもの騒ぐ声がし魚を焼く匂いがした。

バラック小屋を通り過ぎると、突き当りに、横に長い三階建てのコンクリート造りの建物があった。

「これは、小学校だったそうです。一階はみんなが一緒に使う部屋が大部分で、その中には集会室もあります。二階、三階は、寮として使っています。みんなは寮と言っていますが、まあ、村民の住居ですね。教室だったところを、そのまま学生寮のように大勢で使っている部屋もありますが、ほとんどは仕切りをつくって、家族で住んだり、血縁のない人が集まって生活をしたり、個室で暮らしたり、さまざまなやり方で生活しています。全体としてみれば、共同生活です」

「バラックに住んでいない村の人たちは、みんなここに住んでいるのですか」

「いえ、ここだけではありません。他にも同じような建物が三つあります」

「こんなところに大勢が住んでいて、うまくゆくのですか。けんかや争いは起こらないのですか」

「そこが知恵というものです。私たちは、人類をはじめからやり直しているという意識を持って生活をしているのです。おそらく太古の昔は、人々はそういう知恵を持っていて、けんかをせずに共同生活をしていたのではないでしょうか」

「そんなことを言ったって、太古の昔に帰れるものですか？」

と言ったあと、アインは、昨日の夜は、暖炉の火の他には、ランプの灯りしかなかったことを思い出した。

「だいいち、電気もなくて、どうやって生活するのですか？」

「人類をはじめからやり直すと言っても、それは意識の問題で、実際にはきのうも言ったように私たちは二一世紀の三分の一までの文明の洗礼を受けていますからね。利用できるところは利用しているのです。発電設備もあります」

と言って、エスは庭に面したアルミニウム製のドアを開いて、部屋の中に入った。アインもそれに続いて、段差のある部屋の敷居を跨いだ。

16

部屋の中央には木製の長いテーブルがあり、折り畳み椅子や丸椅子や四角い木の椅子で、女性二人と男性二人が談笑していた。

エスがツカツカと中に入り、丸椅子に座って、その隣の四角い椅子に座るようにアインに勧めた。それを見て、アインの向かいの女性が話し出した。瘦せて小柄な中年の女性である。

「私は、ヨキコと言います。アジアからの不法移民です。船でこの大陸にやってきたところ、巡視船に見つかって追い返されそうになりましたが、北に逃れてなんとか上陸しました。けれども喜んだのもつかの間、そのあと一網打尽に捕らえられて、みんな一緒に棄てられました」

そこまで言ったとき、その隣の中肉中背の女性が、

「アインさんに自己紹介をするのはあと回しにして、先に村のやり方を説明しませんか」

と割って入り、そのまま引き続いて話し出した。

「最初にこの村の名前ですが、この村はコミ村と言います。小規模共同体のコミューンの頭をと

ってコミ。コミュニケーションを大事にするからコミ。あるいは狭い住居に人がひしめいて住んで混んでいるからコミ。いろいろなこじつけがありますが、私たちは、この村の名前が気に入っています。

で、私たちは、この村の代表というわけではないのです。この村では、代表者とか、代議員とかという人はいません。大事なことを決めるときは、ここの体育館で、全員集会で決めます」

そこまで言うと、ヨキコの右隣に座っていた無精ひげの初老の男性が引き取った。

「じゃあ、なぜこうして話し合いをするのかと思うでしょう。何か問題があったり、気になることがあったりすると、そこがやっぱりコミ村のコミだよね。こういう問題について話し合いをしたいと言うと、すぐにそれが伝わる。そして、関心がある人がこの部屋にやってくる。それから、話し合ったことは、間もなく全員に伝わります。こうして、普段から、それぞれの問題意識や意見がみんなの頭に入っている。それでは自分も話しておきたいと考えれば、適切な人に話しかける。するとまたそれがみんなに伝わり、考えやコミ村の方針が煮つまってきます」

さっきから黙って聞いていたアインの左隣の若者が、はじめて口を開いた。この若者は、肩幅が広いが痩せて、目の大きい男性である。

「そろそろ自己紹介をしませんか。

僕は、オペレートと言います。もとはダンプカーの運転手です。勤めていた土木会社が投機筋に仕掛けられて、アッと言う間に会社が倒産しました。そして、例にもれず、社員は全員棄民として、この近辺に棄てられました。そのとき私はただ棄てられたのではなく、小型ダンプを持ってきました」

「そのダンプ、けっこう役に立っているよね」

と言って、ヨキコと名乗った女性の隣の中背の女性が言って、

「私はメアリーです。六歳の男の子と五歳の女の子がいます。あ、亭主もいます。二人の子が通っていた保育園にあるとき病気が流行しました。悪質の結核です。保育園の予算が削られているので、衛生状態が非常に悪くなっているのです。いまどき結核なんてと思うでしょうが、結核菌もどっこいしぶとく生きていて、抗生物質が効かない耐性の強い結核菌が生き残っているのです。それで、その保育園に通っていた子どもだけでなく、その家族も全員隔離されたあとは、もう分かりますよね。はい、棄民。それでおしまい」

「それはさすがにひどいよね。手当たり次第棄民だからね。それにしても家族も一緒に全員とはな」

と、初老の男性が言った。

「そういう保育園には、金持ちも、政治家も、上層部の人たちも子どもを入れないから。だから、話が早いのよ。はい、全員。これで奴らの仕事は終わるの」

とメアリーが言うと、初老の男性は、

「そうか、そうだよね」

と言って、アインに向かって自己紹介をはじめた。

「私は、ベースと言います。私は、思想犯と見られて棄民にさせられました。思想犯と言われた

って、たいしたものではありません。街にホームレスが溢れているのを見るに見かねて、握り飯を配ったり、実の入っていないスープを配ったり、そういうボランティア活動をしていた。ホームレスは見つかるとすぐに棄民として棄てられますが、その前に少しタイムラグがあるのです。そういうホームレスが街には溢れている。ホームレスに食べ物を配るなどということは犯罪になりませんよね。刑法にも書いていないし、軽犯罪法にも書いてありません。したがって、連中は犯罪者として捕らえることはできない。しかし、棄民政策というのは、便利ですよね。何の手続きもなく、何かの理由をつけて、いや、ときには何の理由もなく、人を捕らえて棄民にしてしまう。棄民にすれば刑務所もいらない。アインさん、あなたはこんなことを知っていた？」

「いいえ、知りませんでした」

「これを聞いてどう思うかな。ひどいと思いますか」

「私の脳はアレクサンドロス一九世に占領されていました。その一九世には、棄民政策がひどい政策だということがインプットされていませんでした」

「じゃあ、あなたは棄民政策がひどい政策でないとでも言うのかな？」

「きのうまでだったらね。ひどい政策でない、それがどうしたの？　と言ったでしょう」

四人は眉を吊り上げた。しかし、エスだけが頬をゆるめていた。

「しかし、私の脳からアレクサンドロス一九世は出て行ってくれました。あの『生者の迎える道』を通って来たおかげで、私の脳は、本来の私の脳に戻ったようです。

棄民政策はひどい政策です。ほんとうにひどい！　怒りさえ覚えます。涙が出てきます」

と言ったあとで、ほんとうに目から涙がにじんできた。

怒り、涙。これもアインはとうに忘れていたものだ。

アインは、手の甲で涙をぬぐった。

ここで、ずっと黙って聞いていたエスが声を出した。

「そろそろはじめましょうか。今日は、神とアレクサンドロス一九世との関係を話題にするのでしたよね」

17

ベース「神の存在については、コミ村の人たちは全員が否定的ですね。ということは、神は人間がつくったものだということになりますが、そこのところまでは一致していると考えていいですか」

ヨキコ「一致していると思います」

ベース「では、人間はどうやって神をつくったのかなあ」

ヨキコ「幻想がつくったのだと思います」

ベース「幻想？　幻想と言っても、それは脳の動きによって思いついたものでしょう？　脳がどのような刺激を受けて、どのような作用が起こって、それが幻想としてあらわれたのだろうか？」

ヨキコ「突然のひらめきがあって、そういう幻想が起こるのではないでしょうか。宗教の元祖たちはよくそういうことを言っています」

ベース「宗教の元祖はそう言うかもしれないが、客観的に言えば、それだって脳の作用でしょう?」

メアリー「そうとしか考えられないわね。でも、その原因になった刺激と幻想の研究はされているのかしら。教祖における幻想の研究なんて、聞いたことはないわよね」

オペレート「こんな大事なことが研究されていないなんて、脳科学なんて知れたものですね」

ベース「人間がつくった神がそういう研究をさせなかったのだと思うよ。だいたい、神が人間をつくった、その人間が科学をつくったというのだから、もとをただせば、科学は神がつくったことになる。この系統で歴史を語るのであれば、神をつくった人間の都合のよい方向にだけ科学が発達する。科学の歴史はそういうものだと思う。そして、アレクサンドロス一九世は、その頂点に君臨している。だから、神を否定するような科学は発達しない。脳科学がこの程度であることは、そのことをよくあらわしている」

メアリー「人間の幻想が神をつくったというのであれば、錯覚が神を生んだということになりませんか」

エス「そうでしょうが、では、幻想にせよ、錯覚にせよ、それがあらわれる前に、何らかの刺激があって、それが脳を動かしたのでしょう。いったいそれは何だろう」

ベース「それはいろいろあるだろうな。例えば、狩りをしていたときに熊に出会って木の陰に隠れる。そして、助けてほしいと祈る。すると熊は気づかずに遠くに去る。ああ、助かった、これは祈ったおかげだと思った瞬間に何かを見たと錯覚する。その幻視のようなものを神と名づけて、それからあとは、困ったときに神に祈る」

ヨキコ「そのあたりが神の発祥でしょうね。さまざまな言い伝えがありますが、教祖たちは似たようなことを言っていますね。夢に神があらわれて助けてくれたとか」

メアリー「私は少し脳科学を研究していたことがあります。それによると、脳の中の前頭葉の大脳皮質は、思考や判断などの高度な知的活動の中枢だが、その前頭葉はサルからヒトに進化した過程で急激に発達した『理』を司る部分です。ここは人間らしい悩みや心を揺り動かされるところでもありますが、後になってこの部分が肥大化し、一種の妄想や幻想のようなものも人間自身がコントロールすることができなくなりつつあるということです」

ベース「そうか。そうすると前頭葉が真犯人か。脳科学もけっこうやるではないか」

エス「そこでまた問題になるのは『祈る』ということですね。神は存在しないということで一致しているとしても、では、みんなは祈らないのですか」

ヨキコ「祈りますよ」

メアリー「祈ることはあります」

エス「神を信じないのに祈るのですか。何に祈るのですか」

ヨキコ「天と言うか、何と言うか、漠然と祈りますね」

メアリー「エスさんは祈らないのですか」

エス「祈りますよ」

メアリー「何に祈るのですか」

エス「何にというよりも、具体的な事柄を祈ります」

メアリー「事柄をって？」

エス「例えば、きのうは、アインさんが迷わずに村にたどり着いてほしいと祈りました」

ここで、はじめてアインが発言した。

アイン「そう言えば、私もきのうはどこかに行き着くことができないのではないかと不安になって、早く人のいるところに行けるようにと祈りました」

四人は、アインを見て、ひとつ頷くと話を続けた。

エス「祈ることと神を信じることは、似ているようで、微妙に違うのですよね。祈ること、そこにとどまっていれば、ヒトは神をつくらなかったのでしょうが、もう一歩進めば、というか道を踏み外せば、神をつくってしまうのですよね。ここが分かれ道だったのだと思います」

ベース「そうだろうね。でも、どうしてヒトは祈るのだろうか」

エス「何かの本で読んだことがありますが、脳の機能を一つだけ挙げよ、と問われれば、それは間違いなく『予測』だと答えるそうです。だから、ヒトはいつも将来を予測する。しかし、将来は何も見えません。将来何が起こるか、まったく分からないのです。ほんとうは五分後に大地震が起こって、ここにいる六人は建物の下敷きになるかもしれない。しかし、まあそういうことはなかろう、ということは確率的にも予測できますよね。それでも予測できないことがある。確率では不安である。そういうときにヒトは祈るのでしょうね」

オペレート「そうだろうね。僕も祈ったもの。小型ダンプをかっさらって逃げたとき、捕まらないようにと祈ったもの」

メアリー「では、どうしてヒトは祈りから一歩先に進んで、神をつくってしまったのでしょう?」

オペレート「僕は、神をつくれば便利だからだと思います。神をつくって、神を担げば、何だって説明できる。何だってできる」

ヨキコ「そうよね。それに神をつくったあとがいけない。戦争をしたり、人を殺したり」

メアリー「それは、神そのものではなくて、神を担いだヒトがしたことでしょう。たしかに、神を担いで権力を握ったり、他国を侵略したり、神をつくったあとのヒトの歴史は、ひどいものよね」

エス「教会の教えの中には、権力が利用しやすい論理がありますね。神の子が全人類の罪を背負って磔刑になった。それでは全人類は何も言えなくなって、神に従わなければならない。そこで権力者は神を担ぐ。そうすれば、人民を支配できる。たしかに神をつくれば便利です」

ベース「それに処女懐胎説なんていうのは噴飯ものだ。よくあんな作り話を、二〇〇〇年以上も信じ続けていたものだね」

オペレート「でも、宗教家はいいこともしてきましたよ。貧者を救済したり、病人を看護したり。紛争地域には、たいてい宗教家はいますよ」

ベース「それはそうだけれど、それすら権力が利用している」
エス「権力が神を利用する側面もありますが、神が権力を利用する側面もある」
ベース「そうだよね。神と権力は、強い親和性がある。私を棄民にしたときの言い草がすごいよ。『神のご加護があるように、アーメン』だものね。いくらなんでもそれはないよね。棄てられる当人に向かって言うセリフじゃないよ」
そこまで聞いていたアインが誰にともなく質問した。
アイン「この神の話とアレクサンドロス一九世とはどういう関係があるのですか」
ベース「そうだった。前置きが長くなったな。お茶でも飲もうか」
と言って立ち上がり、ベースはストーブの上にあった薬缶からさまざまな形のマグカップに湯を注いで、それからストーブに石炭をくべた。

18

エス「神は人間の脳が生んだ幻想にすぎないということですが、それは太古の昔のことであって、この幻想を人間社会の中に定着させたのは、唯一神ヤハウェという凶暴で嫉妬深い神でしょうね」

ベース「それはたしかだね」

メアリー「でもそれは紀元前一一世紀末にダビデ王がユダヤ人の統一王朝をつくってからのことでしょう」

ベース「その前にモーセの出エジプトがある」

ヨキコ「ということは、その一神教はモーセの幻想から生まれたということですか」

ベース「モーセが杖を上げると海が割れて女と子どもを除いて徒歩の男子約六〇万人のイスラエルの民が海を渡ることができたなどというところは神話が混ざっているだろうが、この話のみそは、それが奇跡であり、その奇跡は神の導きであるというところだ」

メアリー「イスラエルの民がエジプトを脱出したことは史実だとしても、それを神による奇跡という話にして、神をつくっていったのね」

ヨキコ「それはそうだと思うけれど、モーセからはじまったのでは、何日話しても終わらないわ。今日の話題は、神とアレクサンドロス一九世との関係でしょう」

エス「そうですが、近代哲学の祖とも近代科学の祖とも言われている一六世紀末に生まれた哲学者のことは飛ばすわけにはいきませんよね」

ベース「うん。彼は、この世界には精神と物質という二つのものが存在するが、そのいずれもが神によって存在の根拠が与えられているという二元論を唱えて、神の存在証明を一所懸命にする。そして、難しいことは神に委ねてしまうのだよね。この二元論が支配的な思想になり、以降科学はこの方向に発達する。簡単に言えば、物質の方では人間が科学の名のもとに勝手にやりますから、精神の方はどうぞ神様勝手にしてくださいということになった」

オペレート「でも、科学が神の領域に進出して、神がだんだん小さくなったということもあるでしょう。天動説を唱えていた教会は、地動説を唱える科学者をはじめは迫害したけれど天動説は引っ込めざるを得なくなった」

ヨキコ「科学が発達したために神様がいらなくなった。だから神なんてなくてもよい。そう考えて無神論者になった人もいるのでしょう」

ベース「そういう面もあるが、自分は、それは本質的な問題ではないと考えています。一番問題なのは、神は絶対的な善であるから、神に敵対、反抗するものは悪になる、ということ。つまり、神を担げばすべてのことを正当化できる。そして、敵対するものを滅ぼすことができる。兵器を使うことも、戦争を仕掛けることも。それは、科学も同じことです。だから、神さえ担げば、科学はどんなことでもできる。核兵器をつくることも、原子爆弾を落とすことも。つまり、科学は、どんなきれいな衣装を身にまとっても、神を手放すことができないのです。神にしてみれば、科学は手の内にあると思っている。どこまで行っても、科学は神の手のひらの中で踊っているに過ぎないと見ているのです。今、『神が』と言いましたが、『神を信ずる人が』あるいは『神を操る人が』と言った方がいいかもしれません」

ヨキコ「では、ベースさんは、アレクサンドロス一九世も、その類のものだと言うの？」

ベース「そうです。アレクサンドロス一九世の人工知能は科学の勝利宣言ではないのです。まったく逆です。四位一体説をアレクサンドロス一九世にインプットしたのは、神を信じるこの国の支配者のたくらみだと私は思っています」

メアリー「ということは、凶暴で嫉妬深い唯一神ヤハウェがアレクサンドロス一九世の人工知能の中に埋め込まれているということね」

ベース「だからみんなで前から議論しているように、アレクサンドロス一九世退場促進運動に取り組む必要がある」

オペレート「シンギュラリティ仮説が唱えられて、人工知能に人間の働く場を奪われると騒がれています。で、アレクサンドロス一九世に退場してもらおうという運動は支持を受けると思います」

ベース「たしかにそういう面はある。しかし自分は、それは次元の違う問題だと思っている。人間と労働の関係は、人工知能に関係ないところでも、常に人類の課題なのです。ヒトは他人に労働を強制したり、搾取したりした歴史を持っているのだよ。だから、アレクサンドロス一九世退場促進運動は、もっと奥の深い問題として考えたい」

アインは、黙って聞いていたが、アレクサンドロス一九世退場促進運動という言葉を聞いて、エスが「アインさんを必要としている」と言った意味が分かりかけてきた。しかし、先ほどから引っかかっていたことを聞いておきたいと思って、このディスカッションに加わった。

アイン「もしヒトが神をつくらなかったら、ヒトは何をしていたのだろうか。科学はどういう方向に発展したのだろうか」

エス「それはまた、一段と難問ですね。誰か分かりますか」

ベース「歴史をすべて書き換えなければならないからね」

メアリー「だからこそ私たちは、太古の昔からやり直そうとしているのではないの?」

エス「そうですね。もしヒトが神をつくらなかったら?　これに全部すらすらと答えることはできませんが、たぶんということでいくつかは言えるかもしれません」

ヨキコ「どんなこと?　なんだか楽しそうね」

エス「多分自然科学の発達よりも、先に社会科学を発達させたのではないでしょうか。個人が幸福になると考えて選択した結果が、社会全体にとって望ましい結果にはならない、かえって社会は悪くなるという個と全体のジレンマは、人類最大の難問ですが、ヒトが神を造ってしまったので、人類はこの難問を解くことを放棄してしまったのです」

アイン「そう言えば、私がアレクサンドロス一九世に、個と全体のジレンマの解決方法を聞いたところ、まだ解を持っていないと言っていました。おそらくヒトの遺伝子情報の中にその問題を解く鍵が入っていないからなのだろうと言っていた」

エス「そういうことを、私たちはあなたに聞きたかったのです。やっぱり、ヒトはこの難問から逃げていたし、アレクサンドロス一九世も逃げているのだ。しかし、ヒトの遺伝子情報の中にこの問題を解く鍵を持っていなかったのではなく、神をつくったために、この問題を解く方向に脳を発達させなかったのだと思います」

メアリー「先に社会科学を発達させれば、どこが違うの？」

エス「戦争をしないシステムを先につくるのではないでしょうか。他国を侵略するとか、領土を奪うとか、財産を略奪するとか、そういうことは個も全体もよくなることを目指す人間は考えないと思います。しかし、ヒトが神をつくって戦争や人殺しを正当化したために、戦争をしないシステムをつくることができなかったのだと私は思っています」

ヨキコ「ヒトが神をつくって戦争や人殺しを正当化した？」

メアリー「それは私にもよく分かるわ。歴史を見れば歴然としているじゃない。だって、ヤハウェは、ほんとうに残酷な神よ。その神が今でも一等威張っているのよ」

ベース「はっきり言ってしまえば、アレクサンドロス一九世もヤハウェの系列だということだ」
アイン「そう言えば、そんな姿をしていましたよ」
ベース「やっぱりね。ところで、ヒトが神をつくらなければ、自然科学の方はどうなっていたのだろう。戦争が科学を発達させたという説があるが、それはどう思う？」
エス「世界大戦と原子力の研究の例のように、戦争が科学あるいは科学技術の発達を促進させたということは否定できないでしょうね。しかし私は、自然界に法則がある以上、発見の時期に前後のずれがあるでしょうが、遅かれ早かれ現在の科学のところまでには到達しているのではないかと考えています。ものによっては、ずっと前に発見されていたものがあると思います。たとえば、教会に邪魔されなければ、地動説はコペルニクスよりも何世紀も前に唱えられて、ヒトは宇宙のことをもっと早く深く知っていたかもしれません」
メアリー「では、原子力は？」
エス「原子力についても、もう分かっているのではないでしょうか。でも、先に社会科学が発達して、個と全体のジレンマを克服するシステムができているとすれば、核エネルギーが発見されても、扱い方がまったく異なることになっていると思います」

このエスの発言が終わると、ベースが立ち上がって、ストーブに石炭をくべに行った。そして、「今日は、ずいぶん話し込んだから、続きは明日にしようか。アインさんの部屋はどこにしたの？　食事の用意はできているの？　今夜は音楽室での音楽会だよね」

と言った。エスがそれに答えて、

「アインさんの部屋は、三階の角の個室にしました。夕食は一階の食堂に用意してありますから、食堂ででも、個室ででも、好きなところで食べてください。よろしければ、音楽室に来て、歌でも聞いてください」

と言うと、オペレートが、

「音楽室には、ぜひ来てよ。僕もギターを弾くから。はじまる前に案内します」

と言った。

それからアインはエスに案内されて、三階の個室に行った。一二平方メートルほどのこじんまりとした部屋であったが、清潔で床板はきれいに磨かれていた。角の両面には大きな窓があり、右手の地平に太陽が沈みゆくのが見えた。そして、部屋の中には、木製のベッドと机があった。

「この机は、上級生用の机ですが、やっぱり少し小さいかな」

「いや、これで十分です」

「この部屋には洗面もバスもありません。もとは教室ですから、トイレもバスも共用です。では、あとはご自由に」

そう言い残して、エスは部屋から出て行ってしまった。

妙なことになったと思ったが、腹が減ったので、とりあえず食事をしようと考え、アインは一階の食堂に行った。食堂には誰もいなかった。大きなテーブルの上に、じゃがいもなどを盛ったトレイが八つ並んでいた。

アインは、その一つを持って自室に行った。トレイの上には、大きなジャガイモが一つ、コロッケが一つ、野菜サラダ、鶏がらスープが乗っていた。

たちまちこれを平らげて、ベッドの上に身体を投げ出し、天井板の節穴を数えていると、ほどなくして、ドアを叩く音がした。

「間もなくはじまりますよ。行きましょう」

と言いながらオペレートが部屋に入ってきて、空のコップが乗ったトレイを持って先に歩き出した。

19

一階の音楽室に入ると、左手奥の隅に大きなストーブがあって、上部の隙間から赤い火が見えていた。天井には三つの裸電球が垂れ下がっていて、すでに薄赤い電灯が点いている。右手の壁の方に高さ一五センチほどの舞台があり、奥の方に何やら器材のようなものが見えるが、それが何だかアインにはよく分からない。舞台の左手には竪型ピアノが置いてあった。

小さな生徒用と思われる椅子が五〇ほど縦横に行儀よく並んでいて、オペレートとアインが音楽室に入って行ったときには、一〇人程度の人がバラバラに座っていた。窓際のうしろの方にエスがいて、アインと目が合うと、つと手を挙げた。

オペレートが、廊下側で中ほどの椅子に腰を下ろしたので、アインはその隣に座った。人がぞろぞろと入ってきて、座席はほぼ埋まった。

すると間もなく、子どもたちが何か大小の棒のようなものを片手に持って舞台に並んだ。女の子も男の子もいる。数えると一四人いた。背の高さはバラバラで、アインの肩ほどの子どももいれば、腰ほどの子どももいた。

「この学校を廃校にするとき、奴らは教材のリコーダーを棄てて行ったのです。ピアノも、ドラムや木琴なんかもね」

と言って、オペレートはウインクした。

子どもたちが、縦笛を口にくわえて、演奏をはじめた。上下に揺れるような音が流れてきた。

「ヘンデルのソナタです。次はジャズでルパン三世。最後はピアノ演奏でラ・カンパネラ」

とオペレートは、小さい声でアインにささやいた。

子どもたちの演奏は、アッと言う間に終わってしまった。

子どもたちが舞台の裾に引っ込むと、オペレートがつかつかと前の方に行き舞台に上がった。同時に、人種も民族もさまざまな七、八人の大人が舞台に上がって、それぞれ奥の方にあった楽器を前の方に持ち出し、右手には三人の女性が並んだ。オペレートはギターを抱えて、ジャラジャラと弦をかき鳴らすと、それを合図に、数人がドラムやら木琴やら平たい金属の丸い板を叩き出した。ときどき三人の女性が手を振り上げたり、身体を揺らしたりしながら、「パッパー　パッパー」などと高らかに歌った。

いや、にぎやかなものだ、とアインが気を取られているうちに、この曲もすぐに終わってしまった。

曲が終わると、みんな舞台を降りて席に戻ったが、オペレートとあと二人の男性は舞台に残って、ピアノを舞台の中央に引き出し、その前に椅子を置いた。そして、オペレートはアインの隣の席に戻ってきた。

若い女性が老女に手を引かれて、舞台の右手から出てきた。そして、老女に導かれてピアノの前の椅子に座った。老女は静かに舞台から降りて、最前列の椅子に腰をおろした。

その若い女性がピアノを叩きはじめた。

低音を三つ叩き、次に高音を三つ叩き、これを繰り返して、さらに小さく低音と高音を交互に叩く音が聞こえたと思うと、流れ落ちるような連続音がアインの耳に届いた。そのとき、アインは、これまで経験したことのない衝撃に襲われた。いったいこれはどうしたことなのか。

アインは、次々に打ち込まれてくる音の波を、そのまましっかりと受けとめた。

この曲もアッという間に終わってしまった。

若い女性が叩いた最後の一音の余韻が消えると、彼女は静かに立ち上がって、左手をピアノに置き、深々とお辞儀をした。


観客が一人、二人とその場を去り、オペレートもエスもいなくなってしまった。しかし、アインは動けなくなっていた。いやむしろ、あのピアノの音を反芻するために、動いてはいけないような気がしていたのだ。

アインは小さな椅子の背もたれに寄りかかって、ポカンとしていた。

しばらくすると、室内の電灯が消えて、あたりは真っ暗になった。「しまった!」と一瞬思ったが、すぐに「まあいいや、何とか三階の自室にたどり着くことはできるだろう」と思い直し、この場に居続けることにした。

〈何が何だか分からないが、とにかく納得できるまで、ここにいよう〉

アインの頭の中は空白だった。ただ、あのピアノの最初の六音、低音三音と高音三音だけが繰り返し脳を叩いていた。

空気が少し揺れて、隣の席に人が座る気配がした。

「私のピアノを聞いてくださって有難う。いかがでした？」

「あっ、私の方こそ有難う。私はアインと言います」

「存じています。アレクサンドロス一九世の守りびとね」

ククッと笑う声がした。

「いや、あれはもう畝になって、今はもう気体になっています」

「気体になったのはあなたの脳を占領していたアレクサンドロス一九世の方でしょう。あなたは復活してもともとのアインさんになったのでしょう？　みんなからそう聞いています」

「そうなのかもしれませんね。あまり自覚はありませんが、そうなのでしょう。で、あなたは？」

「私の名前はメーシー。両親と一緒に、中東の紛争地を逃れて何とか合衆・連邦国に潜り込みました。でもすぐに捕らえられて、棄てられました。難民から棄民へなんて、本の題名にはわるくないと思わない？」

「先ほど手を引いていたのがお母さん？」

「そうです。私は目が見えないのです。もう消灯の時間でここは暗いのでしょう。でも私は平気。目が見えないから同じ」

「そうでしたか」

アインは、次に何を言ってよいのか分からなかった。

「それで、私のピアノをどのように聞いてくださった？」

「私は、音楽というものをまともに聞いたことはなかったのです。子どものころはきっと聞いたことがあったのだと思いますが、それがいつのことだか思い出せないのです。でも、曲というのは分かりますよ。アレクサンドロス一九世だって、ときど甲高いラッパを鳴らしますから。しかし、音楽がこんなに素晴らしいものだということは知らなかった。とくにあなたのピアノは、最初の三つと三つを聞いただけで、ものすごい衝撃を受けました。心が揺さぶられました」

「心？」

「あっ、そうだ、私にも心があったのだ。心があったことに気づいたのだ」

「音楽は深く心の中にしみ込んでいって、心の芯を揺さぶり、その心の芯から人間の最も大切なものを引き出す力がある。私のピアノの先生からそう教わりました」

「……」

「アインさんはしばらく心を忘れていたから、かえってどんな音でも、心で受け取って吸収することができるのだと思います。そして、純粋な心をつくることができます」

「いつになったらできるのですか」

「もうできていると思います」

「もうできている？　どうしてそんなことが言えるのですか？」

「だって、あなたはあの『生者の迎える道』を通ってここに来たのでしょう」

「それはそうですが」

「私たちもあの道を通ってきました。母は私の手を取って歩いてくれましたが、はじめのうちは母の手が震えていました。杖にすがってうしろからついてきた父は、怖い怖いとつぶやいていましたが、そのうち何も言わなくなりました。でも、私は平気。目が見えないから。不思議なことに、『生者の迎える道』に入ったとたん、暖かい風が吹いてきて私の身体を包みました。すると、心の底から喜びが湧いてきました。そのとき私は、心に革命が起こったと思いました。大袈裟だと思うでしょう。でもほんとうにそれが分かったのよ」

「喜びって？」

「まあ、あなたは喜びという感情を知らないの？」

「うーん、何だかよく分からない」

「そうか！　そうだったのね」

といって、メーシーはしばらく黙り込んだ。

「私は、『生者の迎える道』を歩きながら思ったの。棄民になって、これからどんなにひどいことが起こるかもしれないけれど、私は人のためになることをしよう、私ができることはピアノを弾くことだけだから、ピアノを弾いて人に喜んでもらおう。そしてその人の喜びを自分の喜びとしよう、そう思ったの。これが私の革命。で、行き先にピアノがあるようにと祈ったの。そうしたら、ここにピアノがあった！　これって、奇跡だと思わない？」

「では、喜びという感情を知るためには、人のためになることをすること、これがキーポイントですね」

「そう、そのとおり。では、試しにやってみる？」

「どうやって？」

「実験台が私でわるいのだけれど、私を家に連れて行ってくださる？　私は目が見えないから、連れて行ってくだされぱとても助かるの。私の家は、この音楽室の五つ先の部屋。まず私の腕を取って、ここに立たせてちょうだい。消灯のあとでも廊下には灯りが点いているそうよ」

アインが手探りでドアの方に行きドアを開くと、たしかに薄ぼんやりとした光が音楽室に入ってきた。これならばメーシーを部屋に連れてゆくことができそうだ。

アインは、メーシーの腕を取った。ずいぶん柔らかい腕で、少しびっくりした。その腕をゆっくり持ち上げると、メーシーは腰を上げて立ち上がった。

かすかな香りがした。

「今、どんなお気持ち？」

「別に。でも、へその少し下から何かが立ち上がってきて、それがみぞおちのところまできて、両手に移って、両腕の指から抜けていった。なんだかいい気持ちがする」

「それが喜びなのよ。赤ちゃんのときに母親からスキンシップをしてもらって、それで身につくものだけれど、あなたにはそれがなかったのね」

「そう言われても……」

「でも、何も心配はいらないわ。すぐに身につきます。なにしろあなたは、吸い取り紙が水を吸い取るように飲み込みが早いのだから」

20

胸の中がザラつくようで、何だか落ちつかない。

ムーン大統領は、執務室の大きな回転椅子の肘掛けに両腕を乗せて深く腰を沈めた。

アレクサンドロス一九世が《北緯四八度五一分二九・五八三秒、東経二度一七分三九・六九二秒の地点及びその周辺を、合計五〇〇トンの弾道ミサイルをもって攻撃すべし》と言ってから二日が経つが、これから先どうしたらよいのか名案が浮かばない。

だいたい何がご宣託か！

エッフェル塔を爆破するなんて、そんな馬鹿なことができるか！

第一感がそう叫んだものの、それを声に出すことはできない。

そんなことを言ったら、ＡＩ族の議員連中やらロビイストやらがたちまち圧力をかけに押しかけてくるに違いない。ＡＩ族やロビイストだけではない。軍需産業や金融市場でうごめいている輩も鮮明に反旗を振り回すだろう。まったくどこから矢が飛んでくるか知れたものではない。場合によっては、刺客を差し向けるかもしれない。

すぐにそう気づいて緘口令を敷いたが、あのクレージーな「ご宣託」から二日も経つと、周囲も気づいて黙っていなくなるだろう。タイムアウトもそうもつものではない。

では、あのクレージー宣託を公表するか。公表するとすれば、さっそく実施するか、実施しないかの決断を迫られるだろう。

腹の中では実施しないと決めているが、それを言ってしまえば、猛烈な襲撃に襲われることは火を見るよりも明らかだ。そういう襲撃は覚悟のうえだ。圧力に屈しないという自信もある。しかし、何か不測の事故が起こって、アレクサンドロス一九世のご宣託を実施せざるを得ないという事態が絶対に起こらないという保証はない。

だとすればやっぱり公表は危険だ。こういうときに相談する相手がいればよいが、信頼できる人間は誰一人いない。国策省の長官に指名した友人も、上院本会議で承認されなかったので、それ以来遠ざかって行った。

核兵器廃絶局の局長などは論外である。彼の後ろ盾には軍需産業が張りついているので、クレージー宣託には、軍需産業ともども絶対的な支持をするに違いない。もしかしたら、緘口令を破って、もう軍需産業族議員やロビイストに漏らしているかもしれない。早く首を切っておけばよかったが、隠然たる圧力がかかってままならなかった。

まったく大統領は孤独なものだ。大統領が孤独だということは、何百年も前から言われてきたことだが、ほんとうに孤独なものだ。この孤独は、じっさいに大統領になってみなければ分からない。歴代大統領は、この孤独に耐えながら歴史的とも言える決断をしていたのだろうが、その決断が正しかったこともあり、間違っていたこともある。

アレクサンドロス一九世の北緯四八度五一分二九・五八三秒とか何とかの「ご宣託」、私は、これを「ご宣託」などと言いたくないので、胸のうちではクレージー宣託と言うことにしよう。しかし、人に向かってクレージー宣託と言えば、それだけで腹の中がばれてしまう。人が「ご宣託」と言うのであれば、私も人前では「ご宣託」と言うことにしなければなるまい。それはともかくとして、クレージー宣託は、いずれ公表しなければならない。それと同時に実施するかしないかということも表明する必要がある。これは、ひとつの歴史的な決断になるだろう。

緘口令の時間切れが迫っていることは確かだが、今すぐ公表ということでなくてもよかろう。いったいなぜこんなことになってしまったのだろうか。

過去四分の一世紀の間、この合衆・連邦国は北アメリカ大陸の中央を占めていた合衆国の時代を含めて保守党の候補が大統領に選ばれていた。もっとも合衆国の時代には、保守党でなく、共和党と称していたが、その共和党を保守党が承継したのである。対する政党は、合衆国では民主党であったが、その民主党は進歩党になった。

歴代の保守党政権は、AI産業や軍需産業や金融市場の支持を受け、その圧倒的な集金力によって、四分の一世紀にわたって合衆・連邦国を支配した。

とくにAI予算は毎年五パーセント増、軍需予算は毎年三パーセント増という基本枠組みのもとで予算編成をしたので、二〇三八年予算では、AI関連予算は国家予算の三割、軍需関連予算は国家予算の二割に達していた。いきおい福祉予算は削減せざるを得ず、そのために、国は棄民政策を推進したのである。

もともと第一次産業、第二次産業が衰退の道をたどっていて、中間層の衰弱は顕著であった。そこに国家予算のあと押しによって、人工知能を搭載したロボットが街にあふれるようになると、人間の労働を必要としない職業分野が増えてきた。

農民、樵・製材業、漁民、工員のほとんどは、ロボットにとって代わられた。では第三次産業のサービス業、第四次産業の知的集約産業はどうかというと、銀行員の融資担当者、保険の審査担当者、不動産ブローカー、電話オペレーター、タクシーの運転手、電車の運転手、集金人、仕立屋、事務員から教師、税理士、会計士、弁護士等々、挙げだしたらきりがないが、これまで人間の労働を必要としていたものの大部分が消えてなくなった。

これは、よく言えばヒトが労働から解放されたということであるが、しかし同時にヒトは金銭を稼ぐ手立てを失ったということである。

こうなれば、世の中の動きは雪崩を打ったようになる。人々は、稼ぎの匂いが残っているAI産業や軍需産業や金融市場に殺到する。そこで首尾よくぶら下がることができればよいが、それらの分野でも多くは人間の労働がロボットに代替されている。いきおい大多数のヒトは、蹴散らされて、挙句の果てに棄民として国家の大きな熊手によってかき集められる。

保守党の政権が長く続いていたために、この合衆・連邦国は、一部の上層階級と棄民予備階級と棄民階級の三つという階級社会になってしまった。かつてはぶ厚い中間層があって、これほど格差は極端ではなかった。そして、その中間層が進歩党を支持してくれていた。しかし、中間層が先細りになり、しかも実質的に選挙権を持たない棄民が増えてくると、進歩党が衰えることは当然である。

したがって、私が大統領に選ばれたことは奇跡に近いことだった。

ＡＩ関連予算の削減、軍需関連予算の削減、格差是正などの公約を掲げて選挙に臨んだ私が、予備選挙を勝ち抜いて、大統領に当選することなどは夢にも考えていなかった。

これは、この国にもまだ良心が残っている証拠なのだろう。あるいは、国民が長く続いた保守政権が発する腐臭に気づいたのだろう。

21

アレクサンドロス一九世のクレージー宣託のことは放っておけないが、その前に公約を実施することによって活路を拓くことができないものだろうか。

大統領選挙のときに掲げた私の公約は、ＡＩ関連予算の削減、軍需関連予算の削減、財政基盤の強化、格差是正、貧民救済、棄民政策の廃止、金融取引による利益への課税強化、失業率の改善、移民排除政策の転換、汚職摘発、核兵器廃絶、国際協調。ざっとこんなところだが、どれもこれも難問ばかりで、いざ大統領になってみたら、どこから手をつけてよいかさえ分からない。

まっ先に着手したいのは、ＡＩ関連予算の削減と軍需関連予算の削減であるが、この二つは相互に絡み合っていて、糸口さえ見つからない。ＡＩ関連予算は国家予算の約三割、軍需関連予算は国家予算の約二割、その他に、累積した国債の償還と利払いに国家予算の約二・五割を充てなければならないので、残りは約四分の一しかない。これではまともなことは何もできない。これは財政の硬直化などというのんきなことを言っている事態ではない。もはや硬直どころか、動脈破裂寸前である。

一度、国策省の統計局に、ＡＩ関連予算を毎年二パーセント、軍事関連予算を毎年一パーセント削減すればどうなるかをシミュレーションしてもらったことがあった。増加させたときと同じ率で、ＡＩ関連予算は毎年五パーセント、軍事関連予算は毎年三パーセントの削減としたいところだったが、ＡＩ産業と軍需産業の連合体の力の強さからすれば、ＡＩ関連予算五パーセント、軍需関連事業三パーセントという削減率では、およそ現実性はない。二パーセントと一パーセントでも現実性がないが、私が統計局にシミュレーションを命じたということが知られれば、大騒ぎになるだろう。場合によっては暗殺されるかもしれないが、これは決して笑い話ではない。したがって、このシミュレーションは極秘にしたが、ＡＩ関連予算と軍需関連予算を、それぞれ国家予算の一割の規模に縮小するためには、いろいろな要素を加減乗除すれば、ＡＩ関連予算は八八年、軍需関連予算は六六年を要すると言う。

では、いったいこんなＡＩ関連予算と軍需関連予算は、必要なものなのだろうか。

ＡＩ関連事業者、軍需関連事業者や、ＡＩ産業、軍需産業の株や社債やデリバティブなどの金融商品の取引で成り立っている金融市場を操る連中からしてみれば、これこそなくてはならない予算だろう。しかし、ＡＩ産業や軍需産業や金融市場に関係のない一般の人々にとってみれば、それほど必要なものだとは思えない。

ＡＩ関連予算に関して言えば、人工知能の発達によって、生活が便利になったことは否定できない。家庭でロボットが掃除をし、病院で診断がつきやすくなり、情報が得られやすくなり、宇宙旅行の夢がふくらむ、こういうことはたしかにある。しかし、宇宙旅行はともかくとして、たいていのことは、民間事業者から調達できることだ。何も国家予算の三割も投入しなければならない問題ではない。だいいち、ＡＩの最新技術が開発したしろものは、ほとんどが何の役にも立たないことだ。遊園地の最新型巨大ジェットコースターの速度をビッグデータから割り出すなどということが果たしてほんとうに必要なことだろうか。観光客を誘致するという名目で、これに三〇億ドルもの予算を計上したが、これはまったくドブに棄てたようなものだ。合衆・連合国以外の国はどれもこれも不況続きだから、観光客などはやってこない。国内でも少子化や格差拡大で、子どもを遊園地に連れてゆく親などはいない。金まわりのよい親ならば連れてゆくと宣伝されていたが、これもとんだ誤算だった。階級の下の連中が行く国内の遊園地などは、金持ち連中には何の面白味もない。そういう連中は、海外のリゾート地に行って、ドルを見せびらかす方がよっぽど楽しいのだ。そういうリゾート地にも遊園地はたくさんある。

という次第で、巨大なＡＩ予算を投じた遊園地は今では閑古鳥が鳴いている。しかし、そんなことはＡＩ事業者にとってはどうでもいいことだ。ここで予算を使わせたことによって、十分に儲けた。立派に目的は達成された。

こんなことをいつまでも続けていてよいのだろうか。

ＡＩ産業がこれであれば、軍需産業もまた然りである。

合衆・連合国がひとり勝ちになったために、敵対して攻撃の矢を向ける国はなくなった。したがって、ほんとうならば合衆・連合国は軍備がいらなくなったのである。しかし、軍備がいらなくなったということで、軍需関連予算を縮小すれば、軍需産業は干上がってしまう。そこで、保守政権は、ありとあらゆる口実を設けて、世界各地に軍隊を派遣し、戦争を仕掛けてきた。しかし、ここ一世紀ほどの戦争は、仮に勝ったとしても、何かを獲得できるものではない。ロボットのおかげで労働力が十分に賄えるので、奴隷を連れてくる必要はない。金銀財宝を略奪して財政を潤すこともやらなくなった。その程度の略奪で巨大な財政赤字が改善するものでないことが分かっているからである。あるとすれば、婦女を陵虐することであるが、さすがにこれは国際世論が許さなくなった。

したがって、戦場で兵器を使用することは、消費一方で何も生産しない。経済的に見ればまったく割に合わない無駄であるはずだ。しかし、この消費一方の無駄こそが、まさしく軍需産業の目的に他ならない。軍需産業にしてみれば、これこそ重要な実業である。世界に戦争がある限り、軍需産業の種が尽きることはない。軍需産業が栄える限り、技術も科学も発達する。げんに、コンピュータを発明したことも、人工知能がシンギュラリティの域に達しようとしていることも、もとはといえばみんな軍需産業のおかげではないか。

連中は間違いなくそう言うだろう、というところまできて、大統領は苦笑し、それから嘆息した。

しかし、これは放っておくわけにはゆかないのだ。

予算がつけられて多額の金銭が回されることになると、その蜜に吸いよる連中がよからぬことを企むようになる。汚職の横行である。

ついこの間も、新型迎撃ミサイルの開発をめぐって、国防省ミサイル整備局の官僚が収賄容疑で逮捕された。しかし、これは氷山の一角に過ぎない。汚職の蔓延は、言語に絶するものがあることは、私にも分かっている。だからこそ、選挙公約の一つに掲げたのだ。

しかし、検察も警察も、ＡＩ関連事業者や軍需関連事業者や金融市場に暗躍する輩と癒着しているので、真剣に摘発しようとはしない。癒着をカモフラージュするために、ときどき摘発するだけのことである。ロボットに多くの仕事を任せている裁判所も頼りにならない。

さていったいどうしたものだろうか。

大統領は、椅子の上で大きな伸びをして、立ち上がった。黙って椅子の上で考えているだけでも、長い時間が経てば、生理現象は起こるものである。

22

大統領は、執務室に戻って、また椅子に深く沈んだ。

それにしても、世の中は、ずいぶん変わってしまったものだ。

私の両親は、トルコの農民出身で、二人が一緒になってからすぐにこの国にやって来た移民です。父も母もトルコでは少数派の正教徒でした。父は光学機器をつくる精密機械工場で工員になり、母は病院の看護婦として働いていました。

私は、一所懸命に働く両親の背中を見ながら育ちました。

大統領は、半ば陶然として父母を思い出した。

そのころはまだ労働には価値があった。みんな働くことが生きがいだった。私の両親も夜を徹して働いて、しかも嬉々として働いて、なんとかこの国に根を下ろすことができた。そして、私を大学に行かせてくれた。

もとより父母には経済的にゆとりがないことが分かっていたから、奨学金をもらい、不足分はアルバイトで学資を稼いだ。そして、卒業と同時に、弁護士の資格を取った。

弁護士の仕事はやりがいがあった。働けばその分だけの収入があった。働けば働くほど収入は増えた。働くことがどんなに有難いことか、そのことが身にしみて分かってきた。

しかし、それだけではいけないと思っていたとき、自動車事故を起こして人に大怪我を負わせた刑事被告人の弁護をしてほしいという依頼が舞い込んだ。それは、中央分離帯を乗り越えて反対車線を暴走し、信号待ちをしていた人をはねたという事故であった。

刑事法廷における公判検事はひどかった。重大な過失があるとガンガンがなり立て、被害者の妻を情状証人にして陪審員の同情を買った。

しかし私は、なぜこの自動車が中央分離帯を越えて暴走したのか、その理由が分からなかった。この刑事被告人は、酒を飲んでいたわけでもなく、居眠りをしていたわけでもない。前方を注視しながら、制限速度を守り、注意深く運転していたのに、なぜ突然自動車が暴走したのか分からないと言う。私は、エンジンやブレーキに欠陥があったのではないかと睨んだ。しかしその事故車は人をはねたあと、さらに暴走して石塀に当たり大破していたので、その事故車の欠陥を暴くことはできなかった。しかし私は、そこであきらめたわけではない。専門技術者とともに、その車のメーカーに乗り込み、同じ車種の自動車を解体して調べさせてもらった。専門技術者によれば、車軸の前方に配置されているトレーリングアーム式サスペンションの強度が低いので、それが折れて操縦安定性を失ったのではないかということであった。

そこで私は、この事故は被告人の過失によるものではなく、自動車の欠陥によるものであるという論理を展開し頑張ったが、いかんせん当の事故車によってそのことを立証することができず、被告人は有罪になってしまった。しかし、私の弁護によって陪審員の中には心を動かした人がいるようで、量刑は軽かった。

ほんとうに欠陥車であったのだったら、無罪になるはずである。そのことが心にひっかかって、私は、自動車の欠陥を世の中に向かって告発する消費者保護運動をすることにした。この運動は、燎原の火のように広がった。そして、自動車業界は欠陥車を改善し、政府は自動車と交通の安全を確保するための法律を作った。

あのころは、いい時代だったのだ。悪いところは良くするという風潮がまだ残っていたのだ。大統領は、大きく息をして、その続きを思い出すことにした。

あの消費者保護運動は、環境保護問題に通じていた。

エリー湖の南に河川があって、湖内に流入している。ずいぶん昔のことになるが、州が、その河川のほとりに汚水処理場を作り、その処理水を河川に放流する計画を立てた。ただでさえエリー湖は工場排水と家庭用排水によって富栄養化が進んで、しばしば赤潮が発生する。そこに汚水処理場から汚水が流れ込めば、富栄養化がいっそう進み、湖の魚や昆虫が死に絶えてしまう。そこで汚水処理場建設反対の住民運動が起こり、私に依頼がきた。

私は、その住民運動の先頭に立って、環境保全の重要性と生態系の保護を訴えた。そして、汚水処理場建設を阻止することができた。

消費者保護運動、環境保護運動をしていると、人々は当然私を人権派弁護士と見るようになった。

忘れられないのは、白人に侮辱された黒人が、ライフル銃で白人二人を射殺し、小学校に立てこもって小学生一〇人を「人質」にし、人種差別による積年の怨みを訴え、警察官に謝罪を要求した事件である。私は、このニュースを見たとき、移民の子として差別を受けた幼少時のことを思い出し、いても立ってもいられなくなって、単身素手で学校に乗り込んだ。

「この子たちは、私の友達だよ。人質でないよ。なあ」

とバリケードに立てこもっていた彼が言うと、子どもたちは、

「そうだよ。理解者だよ」

と答えたのが印象的であった。

彼が逮捕されてから、私は、弁護を引き受けた。

人権問題と言えばまだある。

あるとき、徴兵拒否をして逃亡した青年が事務所に飛び込んできたことがあった。

私は、徴兵制度反対を訴えているボランティア・グループに連絡をして、彼をかくまってもらうことにした。

彼は、首尾よくアジア大陸に渡って徴兵を免れたが、こんなことは誰も知らないだろう。それでよいのだ。しかし、こんな世の中になってしまって、彼はどのように暮らしているだろうか。まだ、生きているだろうか。

こうしてみると、在野の弁護士として社会の矛盾と戦うのがほんとうの自分の生き方だったの

ではなかったかと思ってしまう。しかしそれはもう過去のことだ。大統領だからできることもある。そう考えて、前に進むしかない。

ならばまた、公約の点検をするしかない。選挙公約は、ＡＩ関連予算や軍需関連予算の削減の他にもたくさんあったのだから。それもまた気が遠くなるような話だ。

23

私は、大統領選挙のマニフェストに財政基盤の強化を掲げた。財政基盤の強化ということは、要するに財源の安定的な確保ということになるが、立候補の記者会見のときに、その具体的な施策はと聞かれたので、現在の三五パーセントの消費税を増率するのは無理だと思っていたから、相続税と法人税の増税と答えた。しかし、ほんとうのところは、すでにヨーロッパのいくつかの国が導入している金融取引税を合衆・連邦国にも導入したいと考えていたのだ。すなわち、通貨、株式、債券、デリバティブ、それに先物取引市場でやり取りされている小麦、錫、原油等々の一次産品などあらゆる金融取引資産の取引に課税する金融取引税は、多大な税収を保証するものであるから、大統領選挙に当選したときに、金融取引税の導入を表明した。

予想していたことではあるが、金融業界だけでなく、ありとあらゆる業界、団体、法人、個人投資家から猛烈な反発を受けた。何のことはない。大会社の社長も、社会福祉法人や医療法人や学校法人の理事長も、本業をそっちのけにし、市場の動向を気にして、一日中パソコンにかじりついているわけだ。

だいたい働きもしないで、不労所得でいい思いをしようとする輩ばかりでどうにもならない。いったいこんなことがいつまで続くと思っているのか。ひとり勝ちの合衆・連邦国に世界中からカネが集まってくることをいいことにして、マネーゲームばかりが盛んになっているが、そのマネーとて、大部分は信用や思惑によって膨らました、中身に空気しか入っていない風船のようなものじゃないか。実直に働いて、利益を出して蓄積したものではない。

金の先物市場で、

「一億ドルの買建をした」

と大見得を切っても、それは市場で取引をしたというだけのことである。証拠金として預けたのは、五パーセントの五〇〇万ドルに過ぎない。あとの九五〇〇万ドルは、レバレッジ効果と呼ばれている、小さい力を大きな力にする梃子の原理によって膨らましたものだ。

金融市場で取引されているのは、化けの皮をはがせば、だいたいがこんな類だ。欲にかられて膨らまし続けると、いつ風船が割れるか知れたものではない。そして、風船が割れると、業火に襲われ、倒産、破産、そして阿鼻叫喚に巷は覆われる。

こんなことは人類は何度も経験済みである。一九二九年、二〇〇八年。そして今、デフォルトの寸前だと、私は、認識している。それなのに、諸悪の根源である金融取引に課税さえできないのか。

「馬鹿野郎！」

と声を出して、ムーン大統領は立ち上がった、さりとて何か名案があるわけではない。反対の大合唱で金融取引税を導入することはできそうにないが、そうなれば、国債残高が積みあがるばかりだ。

「いったい今日の国債残高は国民一人当たりいくらになるのだろう」

そう思って、担当者を呼ぼうとして机上の受話器を取り上げたが、思い直して受話器をもとに戻し、自分で暗算することにした。

昨日の国債残高は、一六五兆一八一八億ドルだった。人口は、合衆・連邦国の成立前と比較して、増加しているところと減少しているところがあるが、旧アメリカ合衆国が移民排除政策と棄民政策で減少しているので、合衆・連邦国の成立前と今とはさほど変化がなく、約一一億人とみてもよかろう。

因みに、人口統計には棄民は入っていない。棄てた民だから統計に入れないのは当然だと言うのが保守党政権の見解だったが、それでよいのだろうか。それを思うと心が痛む。

しかし、せっかく国債残高と人口を頭に置いたのだから、一人当たりの国債残高の計算だけはしておこう。

そう考えて、大統領は暗算を試みたが、桁が大き過ぎてうまくできない。仕方なく、引き出しから電卓を出して、ようやく一人当たり約一五万ドルという答えにたどりついた。

「一五万ドルか。これは生まれたばかりの赤ん坊も、これだけの借金を背負うことになる。こんなことでよいのだろうか」

大統領は、考えれば考えるほど憂鬱になった。

しかしいったい、どうしてこんなことになったのだろうか。

もともと資本主義というのは、資本家が資本を投入して機械設備を作る。そして、労働者がそこで働いて利益を生む。その利益を資本家と労働者が分け合って再生産をする。この循環過程を円滑に動かすことによって経済を運営するというものではなかったか。

これは利益が先に出て、分配をあとで行うというシステムである。ときには、資本家と労働者は利益の分配をめぐって熾烈な争いをする。しかし、利益が先、分配はあと、という原則を守っていれば、資本主義はそれなりに機能し、矛盾はあっても「資本主義」という看板には偽りがない。

しかし、あれはどの辺からはじまったのだろうか、と思ったとき、大統領は、大学の経済学史の講義を思い出した。

ジョン・ロー。一七一六年フランス国王ルイ一五世の摂政オルレアン公フィリップからバンク・ゼネラル設立の許可を得た彼は、銀行券を発行した。紙幣の歴史をたどれば、世界のいろいろなところで発行していたことは分かっているが、当時のヨーロッパでは、紙幣などというものは夢にも考えられていなかった。ところが、バンク・ゼネラルが紙幣を発行すると、ローが予測した通り、国の景気は劇的に回復し、商業や工業も活発になり、フランス経済は上り調子になった。しかし、ローの野心は留まることがなかった。彼は、南東はメキシコ湾から西はロッキー山脈、北は五大湖に至るフランス領ルイジアナの天然資源を開発しようと計画し、オルレアン公を説得して、ルイジアナとミシシッピの広大な地域の独占権を与えてもらった。この計画は、ミシシッピ川に因んで「ミシシッピ・プロジェクト」と名づけられた。

そしてローは、人為的な景気刺激策を実行に移す。すなわち、摂政に助言して、紙幣を増刷させたのである。紙幣が市中に出回り、それが投機の材料になり、彼の手中にあったインド会社は新たな活気を見せはじめた。ルイジアナや他の地域の開発の見込みが高くなったなどという噂が市中に広まり、株価はたちまち倍に上がり、さらにその倍になった。

しかし、一七二〇年、「恐るべき審判の日」がやってきた。インド会社の株価が急落し、多くの大衆はインド会社に賭けていた財産を失って路頭に迷うことになった。これが史上有名な「ミシシッピ・バブル」である。

この講義を思い出すことによって気づいたことがある。要するにこれは、本来は生産過程を経て生まれる成果、これを「価値」と言ってよいだろうが、その価値が生まれる前に先取りして、あたかもすでに生まれたように偽装し、ありもしない価値を作ったことに他ならない。

つまり、生産過程から組み立てられる本来の経済とは別の、偽装の経済が生まれたことになる。

この偽装の方の経済、もはや経済の名に値しないゲームが、今や本来の経済を片隅に追いやって、わがもの顔に大手を振っている。いや、わがもの顔に大手を振るどころか、本来の経済を食い尽くしていると言ってよい。本来の経済は、血を吸い取られて、瀕死の重傷である。

その例をあげるまでもないが、つい先日も、東部の最大手の鉄鋼メーカーには含み資産が多いと狙われて株が買い占められ、アッと言う間に全州にあった不動産が売り飛ばされた。然るのちに株も売り飛ばされて、〈はい、さようなら、ゲームは終わり〉と投機筋は姿を消した。

こんなことは日常茶飯事で、その他にも通貨をめぐる投機、先物商品市場、株価の操作、中身のないデリバティブ、こんなものを数えあげれば枚挙に暇がない。

私の持論であるが、二〇〇八年のリーマンショックによって、資本主義には結論が出たのである。つまり、資本主義は終わったのだ。今となれば、とっくに終わっているのだ。

さすがにこのマネーゲームの横行には顔をしかめる人は少なくない。その人たちは、この時代を指して、「金融資本主義」と言う。

しかし、何で「金融資本主義」などと言うのか。頭がおかしいのではないかと思ってしまう。だいいち、このマネーゲームは、「金融」ではない。金融というのは、本来であれば、カネを融通して経済活動を円滑にするためのものである。しかし、現実は政府が国債を発行し、民間がカネを作ったり、膨らましたりしているだけではないか。とうてい「金融」などと言えるものではない。

また、資本主義と言えるものではない。資本主義と言うのは、資本と労働を生産システムに投入して利益を生み、再生産をはかるものであるが、マネーゲーマーがやっているのは、コンピュータをいじくって、勝った負けたの勝負をするだけではないか。こんなものを資本主義などと言うのは、おこがましいと言うべきである。

つまり、金融資本主義などという名前を与えるから本質が見えなくなるのだ。今の時代を正確に言うならば、単にマネーゲーム主義ということになるはずだ。

しかし、政府がこのマネーゲーム主義にひと役買っているから話はややこしい。ひと役どころか、主役の位置にデンと腰をおろしているではないか。

大統領の私がこんなことを考えているのは、人が聞いたら不謹慎だと言うだろうが、私は、良心に正直でありたい。

主は、私を許したまうだろう。

ムーン大統領は、立ち上がって、両手を組み合わせ、頭を垂れた。

24

何としてもマネーゲームをやめさせて、本来の健全な資本主義に立ち戻らせたいものだが、もはや時間を巻き戻すことは不可能なことだろう。

大統領は、祈りで気を静めてから、また椅子に腰を下ろし、深い思いに沈んだ。

何をするにしてもカネがいる。もとに戻ってしまうがＡＩ関連予算や軍需関連予算を削減して、格差是正や貧民救済にまわしたい。そうすれば、棄民政策などという破廉恥な政策をとらなくてすむ。いったい神を信じる者が、なぜこんな政策に無神経でいられるのか。最後の審判のときに何と言って神に申し開きをするのか。

移民排除政策もまた神に申し開きができないことではないか。とくに、移民の子であった私にとっては、大統領になりながら未だに移民排除政策廃止に手をつけることができずに時間を徒過していることに忸怩たる思いがする。

この国の国民は、ほとんどみんなキリスト教徒である。移民としてこの国にやって来ようとする人々は、先にキリスト教に改宗する。キリスト教にもさまざまな宗派があるが、ほとんどが聖書派に改宗してから船に乗る。国内では保守党の政権が長く続いて聖書派が大きな勢力を伸ばした。その風潮や世俗の利害になびいて、カトリック教徒もピューリタンも、こぞって聖書派に鞍替えした。

しかし私は、聖書派の保守的な思想にはついて行けなかった。だから、聖書派に宗旨替えをした教会に行くのをやめ、いわゆる無教会派の教徒として、もっぱら一人で、ときには数人の仲間たちと聖書を読み、神の意志を知ろうと努めている。

聖書派の連中は、この合衆・連邦国が神の国になったと喜んでいるが、移民を排除し、目障りな民を投げ棄てることによって成り立っている国が、どうして神の国と言えるのだろうか。

それにしても、棄民は信仰を棄てたのだろうか。もし、棄てたのであるとしたら、それだけでこの国を神の国と言うことはできないはずではないか。

移民排除政策と棄民政策は、密接な関係がある。

合衆・連邦国が棄民政策をとっていることは、世界中に知れ渡っているのに、それでもなお、どうして世界中から人がこの国にやってくるのだろうか。それは、私には分かっている。合衆・連邦国以外の世界中の国々は、さほどよいとも言えない合衆・連邦国よりもずっとひどい状況になっているからだ。

中東・アフリカ等々の紛争地に住んでいる人たちは、いつ銃弾に当たるか分からない。いつ地雷を踏んで吹っ飛ばされるか分からない。いつクラスター爆弾の雨に打たれるか分からない。それが今日であっても誰にも文句が言えない命の危険にさらされているのだ。紛争地でなくても、経済が破綻して衣食の調達もままならない。環境破壊による気候の不順で干ばつや洪水が起こり飲み水も食べるものもない。

せめて命があるうちに、海を渡って、合衆・連邦国に行き、確率は低くても命を長らえたい。そして、あわよくば人生の成功を狙いたい。

こうして難民、移民がやってくる。

これに対して、保守党政権はどのように対処したか。その最たる政策は、南北アメリカ大陸を一つにしてアメリカ合衆国をアメリカ合衆・連邦国にしたことである。

もとよりアメリカ合衆国をアメリカ合衆・連邦国にすることには、メリットもデメリットもあることだが、メリットとして挙げられるのは、第一に宗教をキリスト教聖書派に統一すること、第二に移民排除政策を遂行するためである。すなわち、陸路から難民・移民が移住することをなくし、水際で追い払うことによって、移民排除政策を完璧なものにすると考えたのである。

このメリットは、公然とは語られていない。

南北アメリカ大陸には原住民が住んでいたが、その原住民たちは殺されたり、僻地に追いやられたりして、今や一握りの人たちしか残っていない。したがって、ほとんどは移民かその子孫である。もともと移民の国である旧アメリカ合衆国、しかも信教の自由を憲法で保障しているアメリカ合衆国が、宗教をキリスト教聖書派に統一するためとか、移民排除政策を遂行するためとかのメリットを標榜することはできない。

しかし、公然と語ることのできないメリットが現実になると、国中に毒を振りまくことになる。棄民政策はその最たるものである。

人工知能やロボットの発展により、労働力がいらなくなった。およそヒトは、いらなくなるものは棄てる動物であるが、労働力がいらなくなるということは、ヒトがいらなくなることだ。そのいらなくなったヒトを棄ててどこが悪いのか。だいたいそういう時間を持て余している失業者は、社会を恨んで反抗したり、神を呪ったりするものだ。そういう連中は目障りだからどこかに行ってもらおう。幸い廃業した工場やその工場の企業城下町や廃坑になった鉱山跡地や排毒に汚染された町や、この国には人が住まないところがたくさんある。そういうところに行ってもらおう。そうすれば、この国は純粋で清らかな神の国になる。

しかし、それでよいのだろうか。

これはあまりにも私の理想とかけ離れている。

「私の理想は」

と声に出して言って、ムーン大統領は、自分に言い聞かせるように言葉を脳に刻み込んだ。

私の理想は、これとは正反対だ。

私を支持して、大統領に推してくれた人たちも、私と同じことを考えているはずだ。それならば、その負託にこたえることをしなければならない。

まず、棄民政策はやめよう。そして、棄民を国民に戻して、その労働力を荒廃した土地を生きた土地に蘇えらせるために使ってもらおう。そのためには、ＡＩ関連予算と軍需関連予算をとりあえずはそれぞれ二パーセント削減という方針で臨む。

そして、難民、移民を受け入れる。いっぺんに無条件とはいかないだろうから、要件を設け、まずは紛争地の難民から受け入れるのはどうだろうか。

難民を受け入れれば、諸外国のこの国に対する見る目も変わってくるだろう。そして、国際情勢を見極めながら、援助の手を差しのべてもよい。国際協調もまた、私の理想とするところだったではないか。

そうとなれば、アレクサンドロス一九世のクレージー宣託はしばらくお預けになる。採用しないと言い切ってしまえば大騒ぎになるので、お預けというところがよいだろう。しかし、いつまでも「ご宣託」を公表しないわけにはゆかないだろうから、お預けにするもっともらしい理由を考える必要がある。

そして、偽りの看板の「核兵器廃絶」を偽りでない看板にしよう。

平和こそ私の理想の極致である。この世界に核兵器があることだけで、私は落ちつかない。しかし、何ということだろうか、核のボタンは私の手中にあり、どこに行っても、いつ何時でも、手離すことができないことになっている。これが大統領というものである。

何という矛盾だろうか。しかし、まあ、よい。私が核のボタンを押さなければよいのだから。

まずは、棄民政策の廃止である。これもまた、難題である。きっと世論が二分して、大騒ぎになるだろう。保守派の議員やロビイストがこの執務室に押しかけてくることは必至である。

しかし、そんなことを気にしていたのでは、何もできない。こんなところでクヨクヨ考えていても仕方ない。

大統領は、大きく伸びをして、椅子から立ち上がった。立ち上がりながらふと思った。
独断と言われたらややこしいことになる。ここは誰かに相談しておこう。
国策省の中で誰かいないか？　あの核兵器廃絶局長は論外である。棄民政策は国内問題だから、
ドメスティック政策局が管轄だ。あのドメスティック政策局の局長なら、まだましだろう。

25

その夜もアインは、ぐっすり眠った。

硬いベッドの上でうつらうつらしていると、庭の方から子どもたちの声が聞こえてきた。そう言えば、昨夜メーシーの腕を持って廊下を歩いているときに、音楽室からメーシーの部屋までの間にある四つの部屋は、子どもたちの時間のために使われていると、メーシーは言っていた。

「だから、四つは現役の教室なの。素敵だと思わない？　それに音楽の時間もあるのよ。音楽室も入れれば教室は五つ」

メーシーはなかなか饒舌だった。

「音楽の担任は誰だと思う？」

「……」

「それは私。幼児から大人まで。音楽の時間は年齢に関係なく、誰でもいいのよ。だから私、紛争地にいたときよりもずっと幸せなの」

メーシーの腕をとりながら廊下を歩いた二分足らずのことをぼんやりと思い出していたが、アインははっと気づいて起き上がった。

今日は朝から昨日の話し合いの続きが行われるはずだった。

アインは、洗面所に行って顔を洗い、その足で一階の食堂に行った。

食堂には、木製の長テーブルの上に、トレイに乗った食事が一〇ほど用意されていた。男性が二人、少し離れて黙ってパンを食べていた。アインもトレイを持って、二人と距離を置いたところに座った。

トレイには、厚切りのトースト一枚、目玉焼き、牛乳が乗っていた。なかば監禁状態の執務室で与えられた食事は、たいていは乾パンと人参と水だけだった。水で乾パンと人参を胃袋に流し込めば食事は終わり。それに比べると、ここの食事はよほどましである。

そんなことを考えているうちに食事が終わり、アインはそのまま昨日の部屋に向かった。廊下は、冷え冷えとして寒さが身にしみた。


部屋の中では、すでに話し合いがはじまっていて、ベース、エス、メアリー、オペレート、ヨキコの他に、あと二人の女性が加わっていた。ストーブが赤く燃えていて、とても暖かかった。

アインがエスの隣の空いた席に座ると、斜め向こうの黒人の女性から声がかかった。

「おはよう、アインさん。私は、ご覧のように黒人です。名前はディズニー。私の祖先はアフリカから連れてこられた奴隷です。この国の人たちは、北の大陸も南の大陸も、もともと移民の国だったことを忘れているのよね。はじめに大陸にやってきた人たちは、もとから住んでいる人々を殺して、居留地に追いやって、苦しい生活を強いたから、今ではすっかりネイティブは少なくなりました。だから、ほとんどは南北の大陸の外からやってきた移民か、その子孫なの。

でも、そんなことからはじめると長くなるから中は飛ばします。アインさんに知っておいてほしいことは、この国の首都がある市には、いろいろな町があるでしょう。市長は、それぞれの町の町長に、棄民の数を割り当ててノルマを課したの。で、私の町の町長は、黒人を全部棄民にしたの。ひどいでしょう。まるで前世紀のナチス・ドイツと同じじゃないですか。でも、強制収容所に送らないだけましだと彼らは言うのよ」

ディズニーの向かいに座っていた女性があとを引き取った。

「アインさん、はじめまして。私は、セリアです。少し分かりにくいかもしれませんが、キューバで革命が起こったときに、曾祖父が政治的な理由でこの国に亡命しました。でも、ディズニーさんの町はヒスパニックを残したでしょう。私の町は、黒人だけでなく、ヒスパニックも全部棄民。熊手でごみをかき集めるようにして。ノルマを達成するためには、黒人だけでは足りない、ヒスパニックも足さなければと町長が言い出して、はい、さようなら。

だけど、彼らは目障りな連中がいなくなって、清々したと思っているでしょうが、ほんとうは困っているのよね。人口が少なくなって、歌声や泣き声や笑い声を街で聞くことがなくなって、街は活気がなくなって、みんな元気がなくなってしまったのよね。なんだかんだといいながら、いろんな人種や民族がひしめき合って生きてゆく方がいいのよ」

みんなしばらく黙り込んだ。

アインは、出席の面々を見まわした。この機会に、名前を思い出して、復習しておこう。廊下側の一番左が私。それから右は、順にエス、ヨキコ、セリア。セリアの向かいは窓を背にしてディズニー、それから向かって左にベース、メアリー、オペレートの順。オペレートの向かいが私、ということになる。

人の名前をしっかり憶えていたということは、アインにとっては、自分に対する新しい発見である。ベースが話し出した。

「では、話を続けようか。今日のテーマは、私たちがこのままでよいのか、何か行動を起こすべきではないか、ということでした。

私たちは、この土地を耕して麦やジャガイモを作ったり、鶏や豚を飼ったりして、最低限の食糧は確保している。街に行けば、そこそこシンパサイザーがいて、そういう人たちはコンビニなんかを経営しているから、必要なものは手に入る。売れ残りの食べ物をコンビニでもらってくることもできる。街に日銭を稼ぎに行く人もいる。そういう稼ぎをプールしておいて、どうしても必要なものは街で買ってくる。そこまではいいとしよう。私たちの中には、紛争地で生活するよりよほどよいと思っている人もいる」

ここでアインは、昨夜「紛争地にいたときよりもずっと幸せなの」といったメーシーの声を思い出して少し心が暖かくなった。

ベースの声が続いた。

「しかし、何と言ってもここの生活は厳しい。いつまでも、このままでよいのか。ここに来てから、六七四人もの人が亡くなりました。生き残っているのは、一昨日参加のアインさんを加えて三一八人です。これ以上死者を出すわけにはゆきません。また、もはや二一世紀の中盤です。良くも悪くも、子どもたちには、この世界を知ってほしい。そして、少しでもよい世の中にしてほしい。そこで、何か行動を起こすべきではないか、これが私たちの課題です」

「アレクサンドロス一九世退場促進運動をしようという声が大きい」

とオペレートが言うと、すぐにメアリーが反論した。

「もっと自分たちに引きつけた問題でなければ、説得力がないと思うわ。大統領に手紙を出すとしても、そんなに単純なことではないのよ。そこをきちんと話し合わないと」

こうして、話し合いがはじまった。

26

メアリー「でも、大統領に手紙を出すということでいいのかしら」
オペレート「どうして？」
メアリー「他に方法がないのか、もう一度考えてみる必要があるのではないか、と思っているの」
ベース「うーん。だからと言って、議会を動かすことはできないよね。上下両院ともまともな議員はいないもの」
ヨキコ「ほんとうだったら、選挙でいい議員を選ばなければならないのよね」
ディズニー「それは無理よ。無理、無理。だいいち私たちには選挙権はないのよ」
ベース「形だけはあることになっている。しかし、投票券を送るときに、もとの住所に送るものだから、棄民には届かない。戻ってしまうんだ。だから実際には選挙権がないのと同じ」
ディズニー「でも、どうしてそんなことをするのでしょうか。棄てておきながら、選挙民名簿には残しておくなんて」

ベース「たしかに棄民は人口統計にも入っていないんだから、矛盾しているよね。何か世の中に向かって弁解する必要があるときに備えて、選挙民名簿にだけは残しているのだろう」

セリア「だったら直接行動を起こすほかはないわね」

メアリー「だからと言って、私たちが街に出て行ってデモをするわけにはゆかないでしょう」

オペレート「それも有りかもよ」

ヨキコ「私嫌だわ。唾を吐かれたり、石を投げられたり、ひどい目にあうわよ」

メアリー「私も嫌。これ以上傷つけられるのは、嫌だわ」

オペレート「だったら革命を起こすしかない」

メアリー「それは飛躍よ。革命を起こすことは横に置いておいて、大統領はクリスチャンでしょう。その点はどうなの？」

ヨキコ「たしかにその点は気になるところですが、大統領は圧倒的多数の聖書派ではなくて無教会派だから、まだよいと考えてもいいかな。それに、ヒューマニストでモラリストであることは確かだから、今の政界では一番ましなのではないかと思うわ」

ディズニー「私もそう思う。でも、今の政界には、無神論者はいないのかしら」

ベース「聞いたことがないなあ」

メアリー「でも、私はクリスチャンは信用できないわ。やっぱり無神論者でなければだめだと思う」

オペレート「だから革命なんですよ。革命、革命。無神論者による無神論者革命」

ここで、みんな声を立てて笑った。エスは、声こそ立てなかったが、ニコニコしている。アインはこの議論にとうていついて行けなかったが、みんなが笑っているのだから、みんな賛成なのだろう。

ベース「できればそれが一番だよ。しかし、革命ができたのは、体制側と反体制側に武力の差が少なかった時代の話だよ。今は、核兵器とせいぜい銃、私たちが立ちあがるとすれば、核兵器と鍬、鎌の差だからね」

オペレート「やっぱり無理か」

メアリー「すると大統領に手紙を出すしかないということですかね」

ヨキコ「仕方ないわね」

ディズニー「やっぱり、大統領に手紙を出すというところに戻ってしまう」

セリア「で、その手紙にはどんなことを書くのですか」

ベース「今の世の中には問題がたくさんある。それは大統領選の公約を見れば一目瞭然です。たしかに今の大統領は、この問題に取り組もうとしているのだと思う。しかし、まだ何一つ手をつけていない。大統領の公約をほんとうに実現できるのならば、それこそ大改革、ほんとうの世直しだよね」

オペレート「僕もそう思う。できなければ、やっぱり……」

ヨキコ「革命でしょう」

メアリー「革命は無理だっていうことになったじゃない」

セリア「戻るけれど、手紙の内容についてどうするか決めておきませんか」

メアリー「大統領選の公約には実行してもらいたいことはたくさんあるけれど、いいえ、全部実行してもらいたいけれど、私たちに一番身近なのは、何と言っても棄民政策の廃止よね。これ一本に絞ったらどうかしら」

ディズニー「一本？　もう少し何か入れない？」

セリア「でも一本という手はいいかもしれないわよ。的を絞って力強く訴えるためにはいいと思います」

ベース「たしかに棄民政策廃止の一本というのはいいかもしれない。これを突破口とすれば、AI関連予算の削減や軍需関連予算の削減はしないわけにはゆかなくなるから。最初の手紙だから、突破口という意識が必要だと思う」

メアリー「では、内容はこれで決定ね。誰が起草するの」

ベース「自分がたたき台をつくるから、メアリーさんとディズニーさんとセリアさんに見てほしい」

ヨキコ「それでいいわ。よろしく」

オペレート「四人で起草してくれればありがたいです」

メアリー「それで、その起草文がまとまったら、みんなに知らせて意見を聞かなければいけないでしょう」

ベース「その段階で全員集会を開こう」
ヨキコ「そのあと、それをどうやって大統領に届けるの？　まさか大統領府に持って行くわけではないでしょう？」
ディズニー「そんなことをしたって門前払いよ」
セリア「やっぱり街に行って、ポストに投函するしかないわね」
ベース「古典的なやり方だが、そんなところかな」
ディズニー「でも、秘書か誰かがにぎりつぶして大統領に渡さなかったらどうするの？」
ベース「そのときはそのときのことで、そうなったら別の方法を考えよう」

ここでみんなゆったりした表情になった。オペレートが席を立って、みんなの前に不揃いのマグカップを置き、ストーブの上で沸騰していた薬缶を持ってきて、湯をマグカップに注いだ。

この話し合いの間、アインはひと言も発言しなかったが、口を挟む余地がなかったので仕方がない。しかし、エスが発言しなかったのは気になるところだ。

27

「ポストに投函すると言っても、首都までは一〇キロも離れているのではないですか？　私はグルッと回って来たので行程は一〇〇キロもあったけれど、首都圏は直線距離で一〇キロだとエスさんから聞きました。それでも一〇キロもあるのでしょう。どうやって行くのですか」

湯をすすりながら、アインは雑談風に聞いてみた。

「たいていは自転車で行く。歩いても二時間で行ける。急ぐときはポンコツの自動車があるので、それで行く」

というベースの返事に、アインが、

「いったい向こうの首都圏とこちらのコミ村とはどういう関係にあるのですか」

と重ねて問うと、ベースがじろりとアインを見て、意を決したように語り出した。

「向こうはこちらを異界だとみているし、こちらは向こうを異界だとみている。つまり、向こうから見れば、こちらは襤褸を身にまとって足のない化け物たちが住んでいる別世界だと思っているし、こちらから見れば、向こうを煌びやかな衣装を着ているゾンビたちが住んでいる別世界だと思っている。

しかし、それはまあ感性の問題でね。理屈で言えば、二層構造になっている。つまり、マネーゲームでカネのやり取りをしている連中や高級官僚、大企業経営者、高級ＡＩ技術者などの金回りのよい上層階級とわれわれ棄民の下層階級にはっきりと階級分化されて、その中間に棄民予備軍がいる。棄民予備軍はかつて中間層と言われていたサラリーマンや自営業者たちで、この層が一番多数だったのだが、今や先細って数が少なくなり、その人たちも上層階級によじ登ろうとしてあがいていたり、下層階級に落ちまいとして命綱にしがみついたりしている。しかし、その棄民予備軍はまだ向こうにいるので、上層の中に入れておくのが妥当だろう。つまり、上層に上層階級と棄民予備軍がいて、下層に棄民がいるという二層構造になっているわけだ。

しかしこれは、あくまでも観念の問題でね。断っておくが、下層のわれわれの意識が上層の連中より低いというわけではない。

だいたい上と下という思考法は、これまで歴史を語っていた学者や宗教家が間違っていたことに由来する。たとえば、ローマでは市民が上で、奴隷が下と語り継がれているが、たしかに身分とか、労働とか、生活とか、そういう尺度でみればそう言うことはできなくはない。しかしそれは、社会制度のうえで奴隷は立場を得なかっただけのことであって、人間としての奴隷の意識が低かったわけではない。今となれば残されている資料が市民側のものだけなので証拠を挙げろと言われたら困るが、少なくとも知能に差はなかったはずだ。脳の重さや大脳の皺の多さに、市民と奴隷に顕著な差があったとは思えない。ということは、人間としての意識の高低に差はないと言うことができる。まあ、これは仮説、いわばベース仮説だけどね。

人格の高さ、低さも同じことだ。いや、むしろ人格に関して言えば、奴隷の方が市民よりも上である。なぜならば、奴隷を市民の下と見ること自体に人格の低さがあらわれているではないか。言いたいことはこういうことだ。つまり、向こう側の連中はこちら側のわれわれを、意識が低く、人格が劣っていると思っているだろうが、とんでもない思い違いである。

われわれは、意識が低いわけではない。こうして三〇〇人余りが集まって、コミ村をつくり、日々意識を高めようと議論し、励まし合っている。

回り道をしたが、さっきも言ったように、二層構造と言うのは、あくまでも観念のうえのことであって、向こうとこちらとは、物理的には地球上の連続した平面上にある。

向こうはビルが林立して夜中も灯りが煌々と点いている。こちらはのっぺりした平地で夜は真っ暗になる。まるで未来都市と原始の村落であるけれど、それでもこの二つは二次元の平面上にある。こちらは地下にあるわけではない。したがって、物理的に二層構造と言うのであれば、それは間違っている。そして、この二つの間に截然とした境界線が引かれているわけではない。その間には、いわば緩衝地帯と言うべき地域がある。

われわれは、その緩衝地帯に行って日銭を稼いだり、日常に必要な爪切りなどを買ってきたりする。また、そこにはシンパのコンビニもある。そこで賞味期限の切れた食料を貰う。そして、この地域には、私たちに理解の深いボランティアや世の中をよくしようと思って活動をしている運動家もいる。そういう人たちは、不要になった衣類を配ることもあるので、われわれはそういうチャンスを逃さない。

そして、この緩衝地帯には、ポストがある。そこに行って大統領あての手紙を投函しようというわけさ」

そこまで言って、ベースは、みんなを見まわし、言葉を加えた。

「で、今日のもう一つのテーマ。ここらでアインさんにあのことを聞いておこうか」

28

ベース「アインさんがここにいるということは、アレクサンドロス一九世がご宣託をしたという
ことだよね」
アイン「しましたよ」
ベース「何と言ったかそれを聞きたいと思ってね」
アイン「固く口止めされましたが、もうアインという人間は気体になっているから言ってもいい
と思うけど……」
ベース「あなたの口から言わなくてもいいよ」
アイン「?」
ベース「エスさんに言ってもらうから、その通りだったら、あんたは頷くだけでいいよ」
と言って、エスの方に目をやると、
エス「パリのエッフェル塔及びその周辺を、五〇〇トンの弾道ミサイルをもって攻撃すべし」

とあっさりと言った。
アイン「えっ！　どうして分かったの！」
エス「まあ、これぐらいはね」
アイン「エスさんの脳の中には、ビッグデータが入っているの⁉」
エス「まさか！　私の頭にはフランクフルトのマイン川のほとりにある一軒家の家族のデータは入っていませんし、アレクサンドロス一九世のような演算はできませんよ」
エスとアインのやり取りを尻目に、驚きを隠せない他の六人は、にぎやかにしゃべりだした。
メアリー「エッフェル塔を爆破だって！」
オペレート「これは想定外だ！」
ディズニー「とんでもないことよね。アレクサンドロス一九世って、とんでもない人ね」
ヨキコ「さすがにこの国の人工知能ね。よくぞ言ったものね」
ベース「だけど、大合衆・連邦帝国のためには、たしかに最も効果的な攻撃だろう」
メアリー「しかし、ヨーロッパは必ず報復するでしょうね」
ベース「そこだけれど、ヨーロッパには反撃する力がないとアレクサンドロス一九世は読んでいるのだろう」
セリア「嫌だ、嫌だ。もう嫌だ」
オペレート「だけれど、大統領はどうするのだろう。アレクサンドロス一九世の言うとおりにエッフェル塔を爆破するのだろうか」

セリア「言うことを聞かないでほしいわ。そのことも今度の手紙に書いておかない？」
ベース「だけどね。これはまだ公表されていないんだよ」
セリア「あら、そうだったわね」
ここで、みんなの視線がエスに集まった。
メアリー「そう言えば、どうしてエスさんは分かったの？」
エス「だって、アレクサンドロス一九世の人工知能が、エッフェル塔を爆破するという答えを出す脳になっているということぐらいは分かるでしょう」
オペレート「えっ、どうして？　僕には全然分からなかった」
エス「四位一体説という説が唱えられて、アレクサンドロス一九世の人工知能は、神になっているのですよ。例のヤハウェという神と一体に。だったら、合衆・連邦国のために最も効果的で、他はどうなってもよいという攻撃、これが答えになるじゃないですか」
ベース「そういわれてみればそうだが、とうていそういうふうに脳は動かないよ」
エス「そうですか。これは単純な予測ですよ」
メアリー「きのうエスさんが言っていたことだけど、脳の機能を一つだけ挙げよと言われれば、それは予測だって」
ヨキコ「その機能を発達させれば、エスさんのような答えが出るわけね」
オペレート「だったらアレクサンドロス一九世なんかいらないじゃないか」
ヨキコ「でも、ヒトは昔からインチキな予測ばかりしているのよね」

ベース「それが及ぼす害も大きい。旧約聖書の預言なんか最たるものだ」

ディズニー「それならばまず、大統領に送る手紙にアレクサンドロス一九世をぶっ壊せと書き加える？」

ベース「それも書き加えたいところだけれど、あまり一度に書くのもどうかと思うので、そのへんも含めて起案してみます」

メアリー「それはそれでいいとして、さっきからひっかかっているのだけれど、いくら脳の一番の機能が予測だとしても、ズバリとピンポイントでエッフェル塔と言い当てることは難しいでしょう。世界は広くて、攻撃目標はまだまだたくさんあるでしょう」

エス「そこはあれこれ私なりのデータがあるのです」

メアリー「データがある？　ほんとう？　エスさん、あなたは何者なの？　いったいどこから来たの？」

エス「私は大工です。極東の島国の北の方にNという市があります。そこから流れ流れてここに来ました」

ベース「そうだったのか。で、エスさん、あんたはさっきの議論では何も発言しなかったけれど、どう思っていたのかね」

エス「聞いていましたが、聞きながら別のことを考えていたのです。そのことに気をとられていたのです」

メアリー「どんなこと？　何を考えていたの？」

エス「大統領が八方塞がりなのではないかということです。大統領になるまでは弁護士として活動して世の中に認められていました。つまり、大統領のエネルギーは外に向かっていたのです。しかし、今はエネルギーを外に出せていません。篤い信仰を持っていて、真面目であることも気になります」

メアリー「真面目っていうことはいいことじゃあないかしら」

エス「この変数を方程式に入れるとどういう解が出てくるか……。あといくつかの変数が出てくると解けるのだが……」

エスは、小声でつぶやいて、黙り込んだ。

29

翌朝ドメスティック政策局長が大統領の執務室にやってきた。

赤いネクタイをしてグレーのスーツを着こなしている長身の男であるが、目はどんよりとしていてどこを見ているか分からない。

大統領は、さっそく切り出した。

「かねがね気になっていたのだが、棄民政策は何とかやめられないものですかね」

「大統領選挙の公約に入っていましたよね。しかし、公約は公約で、実行するかどうかはまた別の問題です。わたくしは、これまで何代もの大統領に仕えてまいりましたが、公約が立派であればあるほど、実行に移されないものです」

「そうは言っても、有権者を欺くことはできませんからね」

ここまで言って、大統領は、公約を何も実行できていない、棄民政策廃止を突破口にしたいのだ、と言おうとしたが、その言葉を飲み込んだ。

最初のひと言で、この男に何を言っても無駄だということが分かり、執務室に呼んだのが間違いだったと後悔した。しかし、呼んでしまったのだから、言うべきことは言っておこう。

「私は、棄民政策をやめて、荒廃地を利用できる土地に復活させて、農業や工業を興したいと考えている。棄民政策をやめて余った労働力は、その政策の実行のために投入すればよい」

「そんなことをしたって、わが合衆・連邦国は、食糧も工業生産物も十分にあります。これ以上、農産物や工業生産物が増えれば、デフレが深刻になるのは目に見えています。だからこそ、棄民政策が必要なのではないですか」

「それは、国内だけの話であって、世界を見渡せば、食糧不足が深刻で、工業が衰退しているので、合衆・連邦国の生産品が欲しいところはたくさんある。これに関して言えば、いつまでも保護貿易を続けるのもどうかと思っています。いずれ自由貿易主義に舵を切らなければと、私は考えています」

「保護貿易か、自由貿易かという問題は、わたくしの管轄外です。それを言われても、コメントの仕様がございません」

「コメント? 私はあなたにコメントを求めているのではない! 政策を実行に移す手立てを打ち合わせようと思っていたのだ」

「それは少し、わたくしには無理かと思います」

「そうか、無理か。それならば、もう戻ってよろしい」

大統領の胸には怒りがこみ上げてきたが、ここは落ちつかなければならないと思って、ひとつ深い呼吸をした。

ここで心情の一端を言ってしまった以上、ドメスティック政策局長が抵抗したところで、引っ込めるわけにはゆかない。ふと思いつくことがあった。

「では、こうしよう。棄民政策廃止をはかるための諮問機関をつくる。そのメンバーは一〇人程度としよう」

「諮問委員会ですか！」

「そうです。局長は抵抗しますか？」

「抵抗？　めっそうもない」

「そうか、それならよかった」

「そのメンバーを私に選ばせていただけますか」

とは言ったものの、この男は、必ず抵抗するに違いない。

「いや、私が選びます。選任をしたら、直ちに記者会見を開きます」

このとき、局長の目は大きく開いた。しかし、眼光は斜めに飛んで行った。

「分かりました。それならばそれでけっこうです。しかし、大統領。アレクサンドロス一九世のご宣託はいつ公表されますか」

「アレクサンドロス一九世のご宣託？　いったいそれは何だね」

アレクサンドロス一九世のあのクレージー宣託は、それが出たこと自体、核兵器廃絶局長と課長とそれから若い担当者しか知らなかったはずだ。

「いや、あれは……」

ドメスティック政策局長は、いったんひるんだものの、すぐに開き直った。

「アレクサンドロス一九世のご宣託が出たことは、もうみんな知っていますよ」

「ほう、それは誰から聞いたのですか」

「そんなことはどうでもいいではないですか。だいたい選挙公約を実行することよりも、アレクサンドロス一九世のご宣託を公表して、それを実行する方が先ではないですか」

「順序としたら公約が先でしょう。選挙公約はずっと前に私が有権者に約束したことです」

「棄民政策廃止！　そんなことをしたら反乱がおこりますよ」

「反乱？　誰が起こすのですか」

大統領は、じっとドメスティック政策局長の表情を読んだ。

その顔には、わたくしが起こします、わたくしと仲間が起こします、役人こぞって軍隊こぞって起こしますと書いてあるように思えた。

「大統領は、アレクサンドロス一九世のご宣託を実行するのですか、しないのですか」

「ノーコメントだね。だいたいアレクサンドロス一九世の宣託なるものが出たかどうか自体、誰も知らないはずだ」

「わたくしはご宣託の中身を知っているのです」

「ああ、そうですか」

と言ったあと、大統領は言いたくないことを言ってしまった。

「アレクサンドロス一九世の扱いについては、大統領である私の専権事項です。あなたが口を挟むことではない。もうよろしいから、部屋に戻りたまえ」

30

ドメスティック政策局長が執務室から出て行ったあと、大統領は、放心したように椅子の背もたれに身体をゆだねていた。

しばらくしてから、ドアをノックする音が聞こえて、女性秘書が書類を抱えて執務室に入ってきた。

彼女は、決裁書類を入れる箱にひと抱えの書類を置いて、

「この中に、大統領あての提言書が入っています。郵送で送られてきたものですが、秘書室の仕事ですので、開封して中を拝見しました。大統領にお目にかけないで処分するかどうか、秘書室内で検討しましたが、処分しないでこのままお渡しすることにいたしました」

「提言書？　誰から」

「決裁書類の中のいちばん下にございます」

「だから、誰からですか？」

「封書には、差出人が書いてありません。中を拝見して、棄民の人たちからだと分かりました」

「棄民から？　棄民から提言書！」

と言って、大統領は、ゴソゴソと決裁書類の束をめくって、いちばん下から白い封筒を取り出した。

「これか、これか」

「はい、それでございます」

「うん、これから国民からきた書簡は、処分するかどうかなどを考えなくてもよいから、そのまま渡してください」

「分かりました」

秘書が出て行った。

処分されなくてよかった、棄民が何を考えているか、かねてから気になっていたところだが、まずはこの提言書とやらを読んでみよう。

提　言　書

ムーン大統領殿

私たちは、さまざまな名目で国家から棄てられた民です。「名目」と言って「理由」と言わないのは、そもそも棄てることに理由がないからです。理由と言うのは棄てる側の都合に過ぎず、棄てられる側にとっては、その「理由」はとうてい納得のできるものではありません。したがって、「理由」と言わずに「名目」と書きましたが、この重要な提言書の冒頭から単語ひとつにひっかかっているのは、それが棄民政策の本質をあらわしているからです。

断っておきますが、この書類は、提言書であって嘆願書ではありません。私たちは困難な生活をしておりますが、その改善をお願いするためにこの書類を出すわけではありません。私たちは、そちらが棄てるのであれば、こちらは自分たちの力で生き抜いてみせるという気概を持って生きています。したがって、繰り返しますが、これは提言書であって嘆願書ではありません。大統領でなければできないことを、大統領に直接提言することを目的にして、棄てられた民である私たちが議論してまとめたものです。因みに私たち三〇〇余名は、国家が見捨てた荒廃地で共同生活をしております。

ここで、提言の趣旨を端的に申し上げます。

大統領は、直ちに棄民政策を廃止すべきです。

アメリカ合衆・連邦国の棄民政策は、恥ずべきことです。歴史の汚点です。

このことは、大統領も同じようなお考えであると確信しております。

先の大統領選挙で、大統領は棄民政策の廃止を繰り返し強く訴え、この恥ずべき政策が、かつての奴隷制度と同じように、未来の人々から歴史の汚点だと言われるだろうと、演説しておられました。

保守党政権が長く続いたために、棄民政策も長く続き、もはや抜き差しならないことになっています。この棄民政策を前提にし、固定化しているために、この国のあらゆる政策が歪んだものになっていることは、大統領も認めざるを得ないと存じます。例えば、棄民政策によって、生活保護などの社会保障費がいらなくなり、その分ＡＩ関連予算や軍需関連予算を増やすようになりました。この安易な予算編成によって、無駄なカネがＡＩ産業や軍需産業にまわされています。

経済的に潤っているのは、ＡＩ業者、兵器製造業者だけではありません。まともな産業が衰退し、マネーゲームばかりがのさばっていますが、これらのＡＩ業者、兵器製造業者、マネーゲーマー、そしてこれを取りまく高級官僚、企業経営者は夜ごとに酒池肉林の饗宴で、都市には腐臭がただよっています。

大統領は、所得分配の不平等さを測る指標のジニ係数が、この国では〇・九一であることを、どのようにお考えになっているのでしょうか。外見上は繁栄を極めているように見えても、それはまやかしの繁栄です。熊手でごみをかき集めるようにして、民を棄ててしまう国が、どの口をもって繁栄しているなどと言えるのでしょうか。この「繁栄」は、民を棄てることによって成り立っているものであって、これほど恥ずべきことは、人類の歴史の中ではじめてのことだと言えるでしょう。

ところで、進歩党から大統領候補者として推されたとき、大統領選挙にのぞんで、大統領が掲げた公約は、棄民政策廃止だけではありませんでした。

その他にも、ＡＩ関連予算の削減、軍需関連予算の削減、貧民救済、格差是正、金融取引税の導入、失業率の改善、汚職摘発、移民受け入れ、保護貿易から自由貿易への転換、核兵器廃絶、国際協調を公約にかかげられました。

いずれも重要な政策課題であり、一部の上層階級を除けば、あらかたの国民の賛同を受けるものであるはずです。論より証拠で、その人たちの支持によって、大統領は当選されました。

この選挙公約がすべて実行されれば、この国をユートピアにすることができるでしょう。シェール資源の開発、水素ガスの利用によってエネルギー問題に懸念がなくなり、経済的にも豊かで、大統領の公約を実行するだけの実力は、この国には備わっているはずです。

しかし、上層階級の腐敗と精神の劣化によって、大統領の選挙公約が実行できない状況にあると私たちは認識しています。

まことに失礼ですが、選挙公約を実行できないことに、大統領は焦りやいらだちを感じていらっしゃるのではないでしょうか。それとも、よもやとも思いますが、選挙公約なんかは実行しなくてもよい、現状維持でよいとお考えなのでしょうか。

もし、選挙公約が実行されなければ、このアメリカ合衆・連邦国は、ユートピアはおろか、ディストピアになってしまいます。否、今すでに十分にディストピアですが。

繰り返し申し上げます。

棄民政策は今すぐ廃止すべし。

読み終わって、大統領は大きく息をした。

最後の命令調の文章が気に入らないが、感情が高ぶってこんな文体になったのだろう。そう考えれば、許してあげてもよい。まあ、寛大な気持ちになることが肝要だろう。

それにしても、ドメスティック政策局長に棄民政策廃止の構想をうち明けたその日に、この提言書とやらが届いたことには、不思議な思いがする。大局観に立てば、棄民政策廃止の時期がきているということだろう。

また、この提言書は、言い回しにはひっかかるところもあるが、内容的には私の考えていることとそっくりである。とすれば、この提言書の到来は、喜んでよいものなのだろう。見も知らぬコミ村の住民たちに親近感と言えるような感情が立ち上がってくることは抑えることができない。

棄民政策廃止を実行すれば、誰よりも棄民が喜び、棄民予備軍が安心し、多くの人から歓迎されるだろう。リンカーンが奴隷を解放して歓声を浴びたように、私も棄民の歓声を浴びることになるのだろうか。そういう日がくるかどうかは分からないが、当面闘う相手は山ほどいる。棄民の歓声を浴びたいために棄民政策廃止を実行に移したのだと喧伝されて足許を掬われることは十分に予測できる。甘い考えは許されないと、肝に銘じておこう。

31

またドアをノックする音が聞こえて、女性秘書が新聞を持って執務室に入ってきた。彼女は、新聞の束を大統領の机の上に置き、黙って帰って行った。

大統領は、何気なくいちばん上にあったアメリカン・タイムズを手に取った。

一面のトップには、「乱交パーティーにて七人死亡」という大きな文字が躍っていた。

昨夜、乱交パーティーでドラッグが使われ、七人の死者が出たという記事である。その怪しげな部屋には、東洋の香が焚かれ、ドラッグを回し飲みされたという記事で、その場にいたのは九人の男性と二五人の女性で、男性の中には国務長官もいたが、彼は無事とあった。

事件性があるかどうかは不明だが、警察が病院に搬送された二〇人を除くメンバーから事情を聴取していると書いてあった、病院に搬送された二〇人のうち、七人は搬送後一時間以内に死亡。六人は意識不明。警察は、残りの七人から病院で事情を聴いているが、意識不明の人たちからは意識が戻り次第事情を聴くと言っている、とある。

しかし、新聞には、捜査機関がどれだけまともに捜査するかどうか分からない、と書いてあり、識者の見解として元裁判官の談話が掲載されている。元裁判官いわく。

「この国ではＶＩＰに対しては捜査しないということが暗黙の了解事項であるから、捜査が適当な時期に打ち切られる可能性が高い。その場合でも、騒ぐほどのことではない。仮に警察や検察が熱心に捜査して、犯人を検挙したとしても、裁判所が保釈を認める可能性が高い。そして、被疑者は保釈中に海外に飛んでしまうだろう。ＶＩＰを水際で確保することは絶えて久しくなっており、海外に飛ばれてしまえば被疑者を有罪にすることは極めて困難になる。裁判所もその辺のところは心得ている」

そして記事は、アメリカン・タイムズの主幹の「ＶＩＰだから仕方ない」というコメントで結ばれていた。

大統領は、この新聞をくしゃくしゃに丸めて、ごみ箱の中に投げ捨てた。そして、荒い息をしながら立ち上がった。

何という頽廃だ！　頽廃も極まれりというところだ。

ＶＩＰもＶＩＰだが、何だこの報道の仕方は！

この乱交パーティーは批判的に取り上げるべきではないか。また、何だこの識者とやらの元裁判官は！　これでは捜査機関の怠慢や裁判官の無気力を肯定しているようなものではないか。元裁判官がこんなことを言うということは、裁判所も腐敗しているということではないか。

この国の頽廃は、警察、検察、裁判所、マスコミにも及んでいる。しかも、深く、広く及んでいる。

　コミ村の住民たちからもらった提言書でせっかく気持ちが持ち上がっていたのに、大統領は、また絶望の淵に立たされているような気持ちになってしまった。

32

そこに国外のニュースが飛び込んできた。

ヨーロピアンユニオンのメンバーであるベルギーでクーデターが起こったというニュースである。

ベルギーは立憲君主制国家であるが、すでに上院では君主制を廃止し、共和制に移行すべきだという新党が多数を占めていた。一昨日行われた下院の選挙でも、新党が圧倒的多数を制し、王制廃止、共和制移行が現実のものになってきた。その大勢が明らかになった時点で、陸海軍が同時に決起し、国会議事堂、主要官庁、放送局を占拠し、クーデターの成功を宣言すると同時に、陸軍司令長官を首班とする臨時政府を樹立したと発表した。

こうなると、国務長官を呼んで、対策を協議しなければならない。昨夜の乱交パーティーで薬物を回し飲みしていたような男の顔を見るのも気が進まないが、ことが国外の問題であるならば、国務長官を呼ばないわけにはゆかないだろう。

国務長官のデトラストが国務省の補佐官を引き連れてやってきた。

彼は、中肉中背の紳士然とした美男子である。昨日の乱交パーティーで、大勢の美女をはべらせて何をしていたか分からないが、シラッとした顔つきをしている。

「ベルギーのクーデターのことですがね」

「ああ、そっちの方ですか」

私が昨夜の乱交パーティーのことを持ち出すとでも思っていたのだろうか、と大統領は思い、心の中で、〈自分のことは自分で責任を取れ！〉と叱りつけた。

「ベルギーのことですよ。わが合衆・連邦国としてはどういうスタンスでのぞめばいいと思いますか」

「一発ぶっかましたらどうですか」

「どうして？」

「軍部はクーデターが成功したと発表しましたが、まだ臨時政府が安定しているわけではない。共和制を主張する新党を選んだ選挙民を恫喝しておく必要があります」

「ということは、軍部のクーデターを支持するということですか」

「それは当然ですよ。王制を廃止するなんて、世の中をひっくり返すことだ。そんなことは許されませんよ」

「しかし、選挙民は新党を選んだのですよ。その選挙民の意思は尊重しなければいけないでしょう」

「選挙民が間違っているのですよ。大衆の間違いは、鉄拳をもって正さなければならない」

「一発ぶっかますと言っても、何をぶっかますのか分からないが、何をぶっかますとしても、それは内政干渉というものでしょう」

「内政干渉と言われようと、言われまいと、このチャンスに、わが合衆・連邦国の国威を示さない手はないでしょう」

大統領は、これ以上この男と話をする気持ちはなくなった。

「長官の意見は聞きました。何をぶっかましたいのか分からないが、軽率な行動は慎みたまえ。何にせよ、ぶっかますことは許しません。これは私の命令です。ベルギーのクーデターについては、成り行きをしばらく見守りましょう。つまり、今の段階では、合衆・連邦国が軍部の臨時政府を承認することは見合わせます。これが大統領としての私の決定です。長官は下がってよろしい」

大統領は、いつになく厳しい口調になったが、これぐらいは仕方がない。腹立たしい気持ちを抑えながら言うのも、これが精一杯だ、と思っていると、国務長官が般若のような表情をして、言い放った。

「何をぶっかますって、決まっているじゃないですか。アレクサンドロス一九世のご宣託の通り、エッフェル塔に弾道ミサイルをぶち込むのですよ」

「?」

「パリはブリュッセルに近いから、これが一番ですよ。さすがアレクサンドロス一九世はお見通しだ」

大統領は、ものを言う気力を失っていたが、

「下がってよろしいと言ったでしょう。早く下がりたまえ」

と言って、長官と補佐官の姿を視野から消した。

しばらくの間大統領は何も考えることができずに、椅子にもたれて執務室の天井をぼんやりと眺めていたが、そのうちにさまざまな雑念がふつふつと脳裏に湧いてきた。

あの男は、大学の国際政治論の教授でかねてから若干の交渉があったが、大統領選挙のときに急接近してきて、選挙戦ではずいぶん力になってくれた。彼の専門や選挙戦での功績を考慮して、私は彼を国務長官に指名し、上院で承認された。

しかし、ああいう人間だとは思いもしなかった。考えてみれば、私は彼の本性を知らなかったのだ。それにしても、これほど豹変するとは思わなかった。豹変？　本性があらわれただけではないのか？　そんなことはどうでもよい。

はっきりしていることは、彼が私を裏切ったことだ。私を裏切って、誰かに、あるいは何かに加担しているのだ。

誰に、何に加担しているのだろうか。

ここは漠然として分からないが、おそらく議会の中のＡＩ族、国防族に、外では、ＡＩロビイスト、国防ロビイストに取り込まれたのだろう。乱交パーティーなどで毒を飲まされ、精神まで

侵されたに違いない。まったく、権力というものは、恐ろしいものだ。彼のような小物が権力にありつくとああいうことになってしまうのだ……。

ここまで考えて、ハッと思いつくことがあった。

彼は、私の命令に背いて、何かをやらかすに違いない。アレクサンドロス一九世のご宣託を公表するとか、ベルギーの臨時政府を承認するとか、そういったことをやるだろう。直ちに彼の暴走を止めなければならない。

こうしてはいられない。一刻も早く彼を更迭しよう。

大統領は、秘書に命じて、三〇分後に、大統領府の記者会見室で記者会見をする段取りを組ませた。

記者会見には、三〇〇〇人を超える報道関係者が集まった。

大統領は、短くベルギーの政変に触れ、軍事クーデターによって擁立された臨時政府を承認するかどうかは、しばらく成り行きを見て決定する、と言い、さらに、デトラスト国務長官を更迭し、新任の国務長官が決まるまで大統領が国務長官を兼務する、と国務長官更迭の決定を公表した。

会場では、質問の手がたくさんあがった。

「国務長官更迭の理由は、昨日の乱交パーティーですか」

という質問には、

「そうです」

と答えた。昨日の乱交パーティーがあってちょうどよかった、と大統領は思った。

「それは捜査中で、国務長官の責任はまだ分からないのではないですか」

という次の質問には、いささかむっとした。新聞記者のモラルはこの程度なのだ。

「七人もの死者が出ているのですよ。外交の責任者がそこに居合わせて、不問に付すというわけにはゆかないでしょう。国際的に申し開きができることではない」

まだブツブツ言っているものがいたが、更迭の理由についてはそこで打ち切ることにした。次に、と司会の秘書が質問を促したとき、

「アレクサンドロス一九世のご宣託は出ているのでしょう?」

という質問が飛んできた。

「それについてはお答えをいたしません。ノーコメントです」

と言って、大統領は、席を立った。

33

今日は長い一日だった。いろいろなことがあった。そして、疲れた。

記者会見から執務室に戻って、窓の外を見れば、すっかり日は暮れて、眼下の公園の黒い森とその向こうのビル街の窓の灯りが見え、美しい景色だと思った。

そういえば、今夜は聖書の読書会がある日だった。こういう日こそ、久しぶりに参加してみようか。

外出するときにはセキュリティポリスがついてくるのが煩わしいが、それはいたし方ないことだ。しかし、ここから先はプライベートな時間だとは言っても、大統領であれば、大統領府を出るときから官邸に到着するまでは、途中寄り道をするにしても、公用車を使うことになる。今日のようなドメスティック政策局長やら国務長官やらとのやり取りや国務長官更迭の記者会見をすれば、いつ刺客に襲われることがあってもおかしくない。

大統領は、三人のSPに守られながら、公用車の後部座席に身をゆだねた。

行く先は、街なかの古いビルである。

前後をＳＰに守られながら、薄暗いビルの階段を三階まで歩いて昇り、会議室のドアを開けると、すでに三人の女性と一人の男性がアンティーク調の円卓を囲んで話し込んでいた。室内もまた粗末な蛍光灯の薄暗い部屋だった。

大統領と三人のＳＰが部屋に入り、ＳＰがドアや部屋の隅に位置を定め、大統領が空いた席につくと、四人の男女は、大統領に軽く会釈した。一番年長の老女が口を開いた。

「では、はじめましょう。今日はヨハネによる福音書第四章の二一から二四まで。私が読みます。

女よ、わたしの言うことを信じなさい。あなたがたが、この山でも、またエルサレムでもない所で、父を礼拝する時が来る。あなたがたは自分の知らないものを拝んでいるが、わたしたちは知っているかたを礼拝している。救はユダヤ人から来るからである。しかし、まことの礼拝をする者たちが、霊とまこととをもって父を礼拝する時が来る。そうだ、今きている。父は、このような礼拝をする者たちを求めておられるからである。神は霊であるから、礼拝をする者も、霊とまこととをもって礼拝すべきである。

これは、私たち無教会派の信者には、たいへん力を与えてくださるみ言葉ですよね」

若い男性が、両手を組みながら引き取った。

「これは、サマリアの女がイエスに対して、自分たちは山で礼拝しているが、ユダヤ人はエルサレムで礼拝すべきだと言っている、どちらが正しいのか、と尋ねたときに言われたイエスの言葉です。父なる神を礼拝することは、場所にはかかわりがないとイエスは答えたのです」

次に、二人の若い女性のうちの細面の人が、

「この節は、イエスがサマリアの女が分かるように、日常の言葉で語りかけているから、分かりやすいですよね。父なる神は礼拝する場所を問わない、霊とまことをもって礼拝することを求めているということでしょう」

と言うと、もう一人の丸顔の女性が、

「でも、救いはユダヤ人から来るから、ということはどういう意味なのかしら」

というと、老女が、

「それは、ユダヤ人にイエスが生まれて、神のみ心を人々に伝え、人々を救うときが今きているということではないかしら」

と答えると、次に細面の女性がみんなに問いかけた。

「この節が私たち無教会派の理論的根拠になっているのですか」

「無教会派にはさまざまなグループがあり、それぞれの歴史があるので一概には言えないけれど、教会で礼拝することを要求しないという点では共通しています。だから、聖書の中に礼拝する場所は問わないと言い切っているのだから、たしかに無教会派の理論的根拠になっている面はあると思います。だけれども、無教会派の理論的根拠は、他にもたくさんあるわけでしょう」

と老女が言うと、みんなはうなずいた。それを見て、老女が続けた。

「私は、この文章の流れからすると、イエスが最も言いたかったのは、礼拝するときには、霊とまことをもってせよ、ということだと思うの。礼拝する場所なんてどうだっていいじゃないか。

そんなことに気をとられないで、今ここで霊とまことをもって礼拝せよ、と強調しているのではないかと思うの。これは私たち無教会派の心情にはぴったりなのよね」

「その通りだと思います。私たち無教会派の信者は、霊とまことをもって礼拝すればいいということですね。教会に行かなくても」

と細面の女性。

「では、霊とまこととは何ですか」

と若い男性。

「霊とは、神のみ心である真実を受け入れる自分の魂、まこととは、神のみ心を実践しようとする自分の意志、そういうように私は解釈しています」

老女の言葉を、それぞれが胸の中で反芻し、考えをめぐらした。

大統領は、この間何も言わなかったが、みんなの言葉を聞きながら、いろいろ思うところがあった。

〈そうか、自分の霊が弱っていたのだ。もっと自分の霊を鍛えて、神を信じよう。自分の霊が弱ってくると、神を信じる気持ちも衰えてくる。信仰が薄れてくるのだ。今日の一日がそうだった。これではいけない。もっと強く神を信じて、霊とまことをもって祈ろう〉

部屋の中は沈黙が支配した。大統領は、気持ちがどんどん鎮まってくるのが自覚できた。そして、今日ここに来てよかったと思った。いろいろなことがあった今日の終わりに、ここに来てほんとうによかった。そう思っていると、老女が静かに大統領に話しかけた。

「ムーンさん、ご苦労が多いのでしょうね」

「ええ、まあ」

「どういうことにご苦労なさっているの？」

「周りに霊とまことを持った人がいないのです。私の気持ちも荒れてしまうのです」

〈しまった、愚痴を言ってしまった〉と思ったが、すぐに、私の愚痴を聞いてくれる人が四人もいて幸せだと思い直した。

34

大統領に出す手紙の草稿をベースたちが作ることになって、アインはすることがなくなった。翌日の午前中は、ベッドに仰向けに寝転びながら昨日の議論や早々に開かれた全員集会の様子を反芻していると、ドアをノックする音がして、エスが部屋に入ってきた。そして、

「この村を案内しましょうか」

と言った。

アインがベッドから起き上がって頷くと、エスが廊下に出て階段を降りて行くので、アインはそれについて行った。

空は晴れていたが、空気は身を切るような冷たさだった。しかし、エスは相変わらず半袖のシャツ一枚の姿で、委細かまわずまっすぐ校庭を横切って行った。アインも、エスにしたがった。

校門を出て右にしばらく行くと、ブロック塀が終わって展望が開けた。

舗装されていない道がまっすぐに続いて、正面は木の茂った小高い丘になっている。道の左右

は、収穫が終わったあとの畑で、その向こうには林がある。ところどころに、掘っ立て小屋のような民家や作業小屋のような建物がある。

エスは、丘に向かう道をスタスタ歩いてゆく。エスの足が速いので、アインは遅れがちになるが、アインとしてはこの村の光景をもう少しゆっくり見たい。

道のそばに板ぶき屋根の家があった。家の周囲はただ平べったいだけの庭になっていて、六羽の鶏が土を突いていた。

〈おんどりが三羽、めんどりが三羽。ちょうどいいか〉

などとアインが思っていたとき、ふと、

〈どうして自分が、おんどり、めんどりを知っているのだろう〉

と不思議な気持ちになった。

〈おそらく、まだ幼いころ、周りに大勢の子どもがいて、一緒に騒いでいたとき〉

ここまで思いをめぐらしたとき、突然思い出したことがあった。

〈そうだ、あの施設の庭におんどり、めんどりがいたんだ。にわとりを追いまわして遊んだんだ〉

その像が目に浮かんだとき、アインははっきりと意識した。

〈私は、まだ人間だったころに戻って、そこからやり直そうとしているのだ〉と。

すると、家の中から、幼い女の子と男の子が飛び出してきて、しばらくもつれ合いながらふざけていたが、そのうちにわとりを追っかけだした。男の子は、下半身裸で、小さなおちんちんを出したまま走りまわっていたが、しばらくすると家の中から太った女性が出てきて、男の子の襟首を捕まえて抱き上げ、尻を二つ叩いて、パンツをはかせた。

エスとの距離がだいぶ離れてしまった。エスはすでに、丘に登る坂道に差しかかっていた。アインは走ってエスに追いつき、そのあとは、並んで歩いた。道はやがて林に入り、しばらく行くと渓流にぶつかった。渓流には木橋がかかっており、その橋を渡ると流れに面したところにひらけた陽だまりがあった。そして、その陽だまりには、木製のベンチがあった。

「この丘は、今は森のようになって木が生い茂っていますが、その昔ははげ山だったそうです。ゴールドラッシュが終わって半世紀もたったころ、つまり前世紀のはじめごろですが、この山から金が出る、その渓流からは砂金が採れるという噂が立って、一獲千金を狙う採掘者が殺到したそうです。この山だけでなく、山裾の平地の方までもずっと。東部のしかも首都に近いところに、金が出るなんておかしいと言う人もいたようですが、そういう声は、幻想を見る人には聞こえないのですよね」

「……」

「アインさんは、ここにしては大きな学校があると思ったでしょう」

「たしかに」

「あれは、そのころに建てた学校だそうです。なにしろ、大勢が子どもまで連れて押しかけてきたので、学校やら病院やらも建てる必要があったそうです。病院もまだ残っているのですよ」

「病院もですか?」

「そうです。私たちの中には、元医者という人がいますから、病人が出たらそこで手当します。しかし、設備がなくて十分な治療ができなくてね。あちらではＡＩまで使った立派な機器がありますが、こちらはターヘル・アナトミア以前の医療です。これを考えるとすごい差があると思うでしょう?」

「そうですね」

「しかし、どっこい。こちらは病気をしないことで差をつけようと思っているのです。衛生状態をよくすること。過食を慎むこと。それは大丈夫ですよね。過食と言ったって、もともと食べるものが足りないのだから」

と言って、エスは笑った。

「しかし、ヒトは太古の昔から食糧には苦労していますから、体質的に飢餓には強いのです。逆に飽食には弱くできている。向こうは飽食で酒ばかり飲むから、あんな豪勢で高価な医療機器を必要とするのです」

「でも、栄養失調の心配はあるでしょう」

「それはそうですね。アインさんの食事は少なかったかな?」

「いえ、あれで十分です。役所では乾パンと水でしたから」

話がだいぶ脇道にそれたので、アインは、話題を戻した。

「で、金は採れたのですか」

「いや、全然。というよりも、ほんの少しだけ。金をごく少しだけ含んでいる土壌はあるそうです。これだけの山や川岸を掘り返して、数グラムだったと記録にあります」

「押しかけてきた人たちはどうしたのですか?」

「みんな逃げて行ってしまいました」

「こんな広い土地があるのだから、農業でもやればいいじゃないですか」

「それが彼らにはできないのです。一獲千金を夢見た山師は、農業のようにコツコツ働いて、ようやく糧を得るなどという地道なことはできないのです」

「そうか、そういうことですか」

「そうなのです。それは今のマネーゲーマーやら、兵器製造業者やらも同じです。彼らはコツコツ働くことなどできないのです。本人は馬鹿馬鹿しいからやらないのだと思っているのでしょうが、ほんとうはヒトとしての能力が偏っていて、他のことができなくなっているのです」

「それを言われれば、私もそうだった。軟禁されていた木っ端役人だったので、マネーゲーマーとは違うけれど、アレクサンドロス一九世とやり取りする以外のことはできなかった。農業なんて知らなかった。しかし、今ならば農業でもできるかなと思っています」

「それで、その山師たちがこういう状態のまま棄てて行ってくれたおかげで、私たちは助かっているのです。棄民が棄てられる場所はたくさんありますが、棄てられたときの状態はさまざまです。他の場所にくらべれば、ここはよほど恵まれています」

「それはどういうことですか?」

「広い平地があることです。そして、森や林もある。つまり、燃料、エネルギーは確保できる。

この渓流もあります。その他に、川が二本あり、水に困ることはありません。しかも首都には近い。お金が必要ならば、首都に行って稼げばよい」

「地政学的には満点ですね」

「ハハハ、そういうことですね。ここに棄てられて運がよかったとみんな思っています」

〈棄てられて〉という言葉が出てきたので、アインは、前から聞きたいと思っていたことをエスに聞くことにした。

35

豊富な陽の光を受けているので、それほど寒くはない。むしろほのかな風が心地よいほどだ。

「きのうセリアさんが、クマデでごみをかき集める、と言っていましたが、クマデって何ですか」

エスは、首をまわして横に座っているアインの目を見てから、

「クマデというのは、熊に手と書きます。短い竹の歯を扇形に並べてそれを長い柄に取りつけた農具です。その熊手で、地面に落ちた穀物や葉っぱをかき集めます」

と言った。

「そんな農具で、大きな人間を集めることはできないでしょう?」

「ハハハ、あれは比喩です。物理的に人間を集めることは無理です。この比喩では、人間は地面に落ちた落穂に譬えられています。熊手ならば、落穂をいっぺんにたくさんかき集めることができるのです」

「じゃあ、棄民というのも比喩ですか」

「いいえ、比喩ではありません。ほんとうに物理的に棄てるのです」

「では、人間を集めてその辺にポンと棄てるのですか」

「そう言われれば、棄民とひと口に言っても、それなりのプロセスはあるなあ。みんな棄民と言っただけで自分の経験で頭の中にイメージをつくれますが、アインさんはそうではないのですね」

「私も棄てられましたが、だいたいああいうイメージですか」

エスは、少し考えて込んでから、アインを振り返った。

「だいたいそうとも言えますが、少し違うところもあります。これについては、棄民の本質というようなものに関連があるので、話せば長くなりますが、いいですか」

アインが頷くと、エスが話し出した。

「棄民と言っても、アインさんのようにその日のうちに連れてこられて、その日のうちに棄てられるというのは例外です。もっともアインさんは、政府の手によって棄てられたのはなく、私たちのシンパの手によって連れてこられたのですが。いずれにせよ、その日のうちというのは例外で、ほとんどはまず予告があって、それから一か月ほどして予定地に連れてこられます。まだ言っていませんでしたが、私は棄てられたのではありません。志願してと言うか、自分から押しかけてここに来たのです」

「えっ、自分から押しかけて？　こんなところに？」

「こんなところ？　そう、こんなところに身を置くのが好きなのです。で、世界の中で最も矛盾があって、今にも爆発しそうなところに身体が行ってしまうのです」

「それって何⁉」

「棄民のことですが、一応一か月ほどの猶予期間があるので、みんなその間に準備します。準備と言っても、棄民になったあとで生活ができるように、持って行く衣食が中心ですが、中には、穀物の種とか、小型ミシンとか、パソコンとかを持って行く人がいます。ひよこを持って行く人もいます。さきほど見たでしょうが、あのにわとりは、そのひよこの子孫です。手分けして子豚を持って行く人たちもいます。持って行けるのは、両手に持てるものだけ、という制限がありますが、みんな知恵をしぼって、持って行くものを揃えるのです。大人も子どもも腕が折れるほどの荷物を持って、いざ棄民ということになります。ヒトは、絶望の淵に立っても、そう簡単にはあきらめないものです。そういうことをする猶予期間があるから、棄民は、ナチス・ドイツのホロコーストに比べれば、まだましだと言う人もいます」

「で？」

「しかし、ヒトという動物は、こういう大移動は、歴史上ときどきすることなのですよね。その変形と見れば、あり得ることをやっているだけだと言えるかもしれません。もっとも、強制的に移動させられるときもあれば、自分たちの意志で移動することもあれば、その中間形態もありますが。今の合衆・連邦国の棄民政策は、強制の中でも、最も悪質な部類でしょうね」

「なんで、そんな悪質な政策をとるのでしょうか」

「それはいろいろな条件が重なり合ってきたからだと思います。マネーゲームによって経済や社会の仕組みが腐ってきた。格差が広がって階級分化がよりはっきりしてきた、ヒトの精神が劣化してきた」

「ＡＩの発達によって、労働力がいらなくなった」

「たしかにそれも大きな条件の一つですね。その他いろいろあって、数えだせばきりがありません」

「でも、ホロコーストよりもましだと言うのはどうでしょうか」

「ホロコーストは積極的にヒトを殺しますが、棄民政策はいわば死ぬのを待つという要素があるからです。それだけでなく、生きたければ生きてもかまわない、ということにもなっています」

「殺す！」

「数多くの種の中で、共食いをする動物はそれほど多くはありません。共食いと言うのは、動物のある個体が同種のある個体を食べることですが、ヒトがヒトを食べるカニバリズムの習慣を持っている種族は限られています。共食いは極端にしても、その範囲を少し広げて、ある個体が同種の個体を殺す動物がたくさんあるでしょうか。それもそんなに多くはないのです。霊長類の例をとってみれば、何か問題が起こったときに、相手を殺すことによって解決する例は滅多にない。むしろボノボなどは、喧嘩をすればすぐに和解する高等な技術が発達しているそうです。そういう研究が発表されています。ところがヒトはどうでしょうか。ヒトは戦争をして、たくさんのヒトを殺します。何千年にもわたって、延々とヒトを殺し続けています。しかも、殺した方が勝つのです。殺戮を共食いの範疇に入れるとすれば、ヒトは、特異な共食い動物です」

「……」

「でも、これに抵抗して、共存して生きようと考えるヒトも多いですよね。私は、数の上では共存派の方が殺戮派よりも圧倒的に多いと思います。しかし、殺戮派は兵器を持っていますから、共存派は負けてしまうのですよね。戦争でなくても、兵器を背景にしてマネーや組織をあやつっていますから、結局共存派は殺戮派に負けてしまうのです。それでも共存派は、社会福祉政策などを推進して格差を是正したり、いろいろな試みをしたりして頑張っていますが、もう一歩のところで巻き返されてしまうのです。ヒトの歴史は、共存と殺戮のせめぎあいの歴史、共存と殺戮が混ざり合った複雑な歴史だと私は思っていますが、殺戮派が兵器をにぎっているために、いざとなれば殺戮派の勝利です。しかも、宗教は殺戮派に低頭し、嬉々として殺戮派の手先になっています。そしてＡＩは殺戮派の道具です」

「殺戮派の方が少ないのに、どうして勝つのでしょうか」

「やはり、兵器の発明でしょうね。いうまでもなく、最も危険な兵器は、核兵器です。その核兵器は、一つだけで、何十万人もの共存派を殺すことができます。戦争によって解決するという共食い許容の思想が、そういう核兵器までもつくってしまったのです」

「でも、どうしてそんなことになったのでしょうか」

「そこは、これからの遺伝子学、脳科学が解明するかもしれません。今のところはよく分かっていません。それで、これは私の仮説ですが、ヒトの遺伝子には、共存に寄与する遺伝子も、殺戮に寄与する遺伝子もあるのではないかと思います。問題は、脳の方です。物質欲や支配欲が強くなって、それを満足させる方向にヒトの脳が発達してしまったのではないかと、私は思っています。結果が顕著にあらわれる殺戮の方が、辛抱強く成果を積み上げてゆく共存よりも手っ取り早いから、ヒトは辛抱できなくて兵器を使ってしまうのではないでしょうか。そういう方向に脳を発達させてしまった。ヒトの脳は一〇％しか使われていないと言われていますが、これは俗説だとしても、使われていないところはあると思います。その中に共存をはかるものがあるかもしれませんし、これまで使っている脳も使い方によっては共存の方向に変えることができるかもしれません。私は、殺戮に寄与している宗教やＡＩを脳から排除して、それをやってみたいのです」

そう言って、エスはアインの目をのぞき込んで、ニコリと笑った。

「私ですか。私なら大丈夫です。もともと宗教は持っていませんし、アレクサンドロス一九世はもう出て行きましたから」

36

エスは、空を見上げて、それから向こう岸の樅の木の影を測るように見てから、

「そろそろ学校の時間がはじまりますから、帰りましょうか」

と言いながら、立ち上がった。

アインが立ち上がると、エスは、来た道をさっさと戻りはじめた。

「学校の時間って何ですか？」

「学校の教室で、子どもたちに話をするのです。教育という言葉は何だか肩を張るようでぴったりしませんから、私たちは話と言うことにしているのです」

「何の話をするのですか」

「今日は、歴史と音楽です。両方とも覗いてみておいてくれませんか」

「いつも歴史と音楽だけですか」

ここで、エスは歩みを止め、アインを見てから、また歩き出した。

「他にもいろいろありますよ。国語、外国語、数学、幾何、物理、生物、化学、遺伝学、建築、地理、法学、経済、社会、他にもあります」

「そんなに科目があって、誰に話すのですか」

「だいたい六歳から二〇歳までです。科目によって、だいたいの目安は置いていますが、年齢制限がありません。誰でも参加することはできるのです。今日の歴史の目安は六歳から八歳、音楽の目安は六歳から一五歳です」

「誰が教えるのですか」

「教える？　私たちは一緒に考え、一緒に話をするのですから、教えるという感覚はないのです。しかし、その日のテーマを決め進行を担当する人は決めています。その人を一応担任といっています。今日は、歴史はベースさんで、音楽はメーシーさんです」

「エスさんは、何かの先生ですか？」

「先生？　先生とは言わないのです。私は、工作の担当をします」

丘の坂道を降りるころに、見晴らしがよくなって、収穫の終わった畑のあちこちに雪のかたまりが光っているのが見えた。風が強まって冷たくなってきたが、まだ陽が強く照っていたので、耐えられないというほどのことはない。

「棄てられた民が、なぜそんなに学ばなければならないのか、と思うでしょう？　世間から追い払われてしまった人が、なぜ歴史を学ぶのか、数学を学ぶのか、とアインさんは思っているのではないですか」

アインは、エスから心中を言い当てられて、とっさに返事はできなかった。

「でも、これから何があるか分からないでしょう。もっとひどいことがあっても、ここで学んだこと、考えたこと、その中の一つでも役に立つことがあって、生き延びることができるかもしれない。また、これからここを出て、生きてゆく人もいるかもしれない。その人が少しでもよい世の中にするために活動するかもしれない。そういうときに、ここで学んだこと、考えたことが役に立つかもしれない。そう考えて、私たちは、学校を開いているのです」


音楽室の隣の教室では、もう終わりに近かったようだ。教室には、一三人の少年少女と二〇歳前後の女性と男性がいた。ベースが、

「アメリカ合衆国の第三代大統領トーマス・ジェファーソンを知っているでしょう?

ジョセフ君、ちょっと彼について知っていることを話してください」

と言うと、中ほどにいた一〇歳ぐらいの少年がスクッと立ち上がって答えた。

「トーマス・ジェファーソンは、アメリカの独立宣言を起草した人です」

「そうですね。彼は、大統領になる前からさまざまな活動をしたり、大統領になってからもいろいろな仕事をしたり、大統領をやめてからも大学をつくったり、なかなか研究テーマとしては興味深い人物ですね。その中で、黒人奴隷制度についてはどのように考え、どのような行動で臨んだのでしょうか」

「えー、そこまでは考えていなかった」

「では、次はジェファーソンと奴隷制度について、というテーマで議論をすることにしましょう」

あっけなく終わって、みんなゾロゾロと教室から出て行った。

アインはすぐに隣の音楽室に行った。

メーシーが窓側に置かれたピアノの前に座り、一〇人ほどの子どもと一〇人ほどの大人が、楽譜を持って起立していた。

すぐにメーシーの伴奏がはじまって、それからみんなが声を揃えて歌いだした。

ビューティフル　ドリーマー

ウェイク　アントゥ　ミー

スターライト……

……

歌が終わって、すぐにメーシーが立ち上がり、左手をピアノの縁に置いて話し出した。

「みなさんがご存じのように、この『夢見る人』は、フォスターの最後の歌曲だと言われています。晩年のフォスターはたいへん貧しくて、ニューヨークの小さなアパートに一人で暮らし、お酒に溺れるすさんだ生活をしていました。そのフォスターが、どうしてこんなに美しい曲をつくったのでしょうか。どんな気持ちでこの音楽をつくったのでしょうか。私は、

美しき夢見る人よ、私の心の希望の光

小川や海の朝の中で
悲しみの雲は消えてゆくだろう

というところにくると、もうたまらなくなって、涙をこらえることができなくなってしまうのです。

音楽は、作曲した人の魂を、私たちの魂で受取るためにあるのだと、私はピアノの先生に教わりました。

フォスターが『夢見る人』を、どんな気持ちで、何を伝えたくて、作曲したのでしょうか。その魂を深く深く聴き取って、そして自分の魂の声で歌うのです。

そういう気持ちで、もう一度歌いましょう」

メーシーは、ゆっくりと椅子に腰をおろして、ピアノを奏ではじめた。

37

音楽室からみんなが出て行ったあとも、メーシーはピアノの前で、両手を膝に置きうつむいたまま動かなかった。

アインは、メーシーの傍まで行き、すぐそばにあった椅子を引き出して腰かけた。

「アインさんね。聞いていてくださったの？」

「分かりますか？」

「分かりますよ。足音と椅子を引き出す音で」

「さっき魂で聞くと言っていたけれど、それは具体的にはどういうことなのですか」

「ああ、魂の音楽ね。私は先生から作曲家がどういう気持ちでその曲をつくったのか、それをとことんまで考えなさいと口を酸っぱくして言われたの。演奏家はとかく練習をたくさんして、超絶技巧を身につけなければいけないと思っている人が多いけれど、そうではなくて、作曲家の気持ちや意図をつかむことが先です、と毎日毎日言われていたのです。だから練習時間に多くの時間を割かなくてもいい、作曲家の気持ち、意図が分かればテクニックは自然についてくる、と教わったの。逆に作曲家の気持ちや意図が分からなければ、どんなにテクニックがよくても、ちっともいい音楽にならない、感動もない、と言われていました。その教えにしたがって演奏すると、ほんとうに楽しくて、大きな感動」

「例えば？」

「例えば」

と言って、メーシーはアインに顔を向けて、嬉しそうに破顔した。

「よく聞いてくださったわ。でも、この話を私にさせれば長くなるわよ」

「どうぞ」

「例えば、この間聴いてくださったリストのラ・カンパネラだけれど、あの曲は、パガニーニのヴァイオリン協奏曲第二番の主題を編曲した曲なの。鐘のロンドと言われているところよ。ところが、パガニーニの第二番の第三楽章は、いきなり主題がはじまります。しかし、リストは、主題の前に、一八の音を置いているの。

タタタ　タタタ　タタタ　タタタ　タタタ」

メーシーは一八の音を口ずさんだ。

低低低　高高高　低低低　高高高　そして小さく、低高高　低高高

〈ああ、そうだった〉

「リストはどうしてあの一八の音を前に置いたと思う？」

いきなり質問が飛んできて、アインはまごついてしまった。

「いえ、分かりません」

メーシーは、ピアノに向かって一八音を叩き、それから少し主題の冒頭部分を弾いて、アインに向きなおった。

「どう？　お分かり？」

「……」

「これはあくまでも私の理解ですけれど、リストは、パガニーニの主題に導くためにほんの小さな美しい扉をつくったのだと思うの。その扉を叩いて開けるまでがこの一八音。そして、この一八音には、さあ、これから素晴らしい主題が出てきますよ、どうか耳を澄まして聞いてくださいという聞く人に対する祈りが込められている。それだけでなく、パガニーニに対する敬意も含まれていると思うの。だってそうでしょう。いきなり主題に入るのは失礼でしょう。これから尊敬するパガニーニの主題が出てきます、と案内する姿が私には見えるようよ」

「なるほど、そうかあ」

「ですから、この一八の音は、音と音の間が開きすぎても、つまり過ぎてもいけないの。ほんの○・○何秒の違いでしょうけれど、リストの気持ちが分からなければ美しく響かないのです。しかし、リストの祈りと敬意を理解していれば、ちょうどうまく弾けるのよ」

「そうですか。で、今の話は、先生から聞いたことですか、それともメーシーさんが考えたことですか」

「先生はいつも自分で考えなさいとおっしゃるの。だから、私が考えたことです。でも、私が考えついたあとで、先生に演奏を聞いていただいたら、とてもよくできました、とほめてくださいました。めったにほめられたことはなかったけれど」

「何だか分かったような気がします」

「今のことは、最初の一八の音のことだけよ。そのあとは主題が出てきて、どんどん素敵で、深遠な音楽が展開するでしょう。そこから先は、またいろいろ考えることがあるのよ」

「そうか、それはいちいちたいへんですね」

「たいへん？」

とメーシーが聞き返したので、アインは愚鈍なことを言ったことに気づいた。

「それが楽しいのよ。音楽は音を楽しむと書くでしょう。考え、奏で、考え、奏で、これが楽しいのよ」

「失礼しました」

「どういたしまして。では、あなたに宿題を出すわ。これから、ラ・カンパネラを弾きますから、一八の音のあとは、リストはどんな気持ちで、どんな意図で、この曲をつくったのか、考えてください」

「えー、できるかなあ」

「それは聴いてからのお楽しみ」

「でも、私一人のために弾いてくれるのですか。それは、贅沢だなあ」

「これも先生の言葉だけれど、生きている音楽の、その瞬間は、自分のためだけにあるのですって」

メーシーが、音を紡ぎだした。

38

翌朝大統領が秘書室を通って執務室に入ろうとすると、秘書が、

「先ほどからドメスティック政策局長がお待ちになっていますが、執務室に通してよろしいですか」

と言った。大統領は、

「どうぞ」

と答え、秘書室の奥の執務室に入り、どっかりと椅子に腰かけて、ドアの方を向き、局長を迎える構えをした。

ほどなくして、ドアが開いて局長が入ってきた。と見る間に、局長に続いて、妙なことに黒づくめの喪服姿の男たちがゾロゾロと執務室に入ってきた。

大統領は、連中の面構えをザッと見た。

ドメスティック政策局長についてきたのは、財務省棄民予算局長、司法省犯罪予防局長、国策

省棄民政策局長、運輸省棄民輸送局長、教育省棄民教育局長、厚生省麻薬局長、保険福祉省衛生局長、労働省棄民整理局長の八人ともう一人、国策省核兵器廃絶局長の九人である。小柄な核兵器廃絶局長は、うしろの方で、前の人の背に隠れるように身を縮めている。ドメスティック政策局長が、代表というような口ぶりで言い出した。

「昨日うかがった大統領の棄民政策廃止の構想ですが、それについて関連部局の局長会議を開いて協議しました」

「うん」

「局長会議では全員一致で反対という結論になりました」

「どうして?」

「どうしてって、反対という結論が出るまで、一〇秒もかかりませんでした」

「さっき協議したと言っていたが、その協議の内容を聞かせてほしい」

「協議の内容などありません」

「それでは協議したことにならないではないですか。反対なら反対なりの理由を聞きたい」

「あえて言えば、現実性がないということです」

「それは、君の意見でしょう。他の局長たちはどうですか」

大統領は、難しい顔をして押し黙っている局長の面々を見渡した。

「みんなの中に、賛成の人はいないのかね」

みんな黙っている。

「財務省棄民予算局長はどうですか」

「私ですか。私は反対です」

「なぜ?」

「なぜって当たり前でしょう。棄民政策を廃止すれば、棄民予算局はいらなくなります」

「ははあ、そういうことを考えるのか。では、運輸省棄民輸送局長はどうですか」

「同じ理由です。棄民政策を廃止すれば、運輸省棄民輸送局はなくなります」

「じゃあ、教育省棄民教育局長や労働省棄民整理局長も同じということですか?」

「まったく同じです」

「人工知能が発達して、役人のポストも減少の一途をたどっています。ここで役所の仕事が減るのは困ります」

「そんな理由で棄民政策を続けたいと思っているのか」

「それだけではありません。棄民政策にはいろいろなメリットがあります」

「棄民の立場に立ったらメリットなんかないでしょう。こんな人道に反する政策を続けていたら、国際社会から顰蹙を買います」

この言葉を聞いて、局長たちの顔つきが一段と厳しくなった。目を吊り上げるものもいた。

司法省犯罪予防局長が、大きな声を出した。

「あのコミ村住民一同とやらの提言書ですか! 棄てられた連中が何を言うのか! 棄てられた人間に人権も何もありません。場合によっては、捜査してもよい」

「そうはいかないでしょう。基本的人権の擁護は、わが国の憲法上の大原則だ」

「しかし、棄民には基本的人権はありません」

「君は、勝手に憲法まで変えるつもりかね！　それに今、捜査すると言ったが、棄民が大統領に提言書を提出することを罰する法律があると言うのですか。罪刑法定主義も憲法の原則ですよ」

「なければ、議会に法案を提出すればいい。今の議会なら通りますよ」

「法案が通っても、大統領拒否権を行使して拒否します。どちらにしても、このことについて捜査することは許しません。犯罪予防局長は、今の発言を撤回しなさい！」

この大統領の言葉を聞いて、犯罪予防局長は黙って執務室を出た。

それをきっかけにして、あとの九人も執務室から出ようとして、背中を見せはじめた。それを見て、大統領が、

「ちょっと待った。なぜ、国策省の核兵器廃絶局長がここにいるのかね」

と言うと、核兵器廃絶局長が振り向いて、ニヤリとすごみのある笑いを見せ、

「私ですか。アレクサンドロス一九世のご宣託を実行すべきだと言いにきたのですよ。この機会にね」

と言った。

「ということは、君はこの場で緘口令を破るつもりだったのだね」

「緘口令ですか、あんなものはとっくに破っていますよ」

と言ってまた、局長はニヤリと笑った。

〈もういい。全員馘だ！〉

と叫びたいところだったが、大統領は必死にその言葉を飲み込んだ。

喪服姿の一〇人がゾロゾロと出て行って、執務室は静かになった。

39

大統領が椅子にもたれてぐったりしていると、悪いニュースが飛び込んできた。

カリフォルニア州北部に山火事が発生して、すでに一五万ヘクタールが焼失し、二〇〇〇軒以上の建物が破壊された。州の森林保護防災局が消火にあたっているが、風速一五メートルの強い風にあおられ、空気も乾燥しているので、火の勢いは増すばかりで、鎮火の見通しが立っておらず、約二〇万人に避難命令が出された。

このニュースを聞いて、大統領は、すぐに秘書室長を呼んで、

「今すぐカリフォルニアに飛んで、視察に行く」

と言った。これを聞いて秘書室長は、精気のない目で大統領を見上げ、

「それは無理です。火の勢いが強くて近づけません」

と答えた。

「一番近くの空港まで飛んで、そこから車で行けばいいだろう」

「車も近づけません。火の粉が飛んできて無理です」

「何とかならないか」

「この程度のことなら、大統領がちょっとテレビに出演して、最善を尽くすと言えばよいことです」

「この程度？」

「そうです。この程度です。テレビ出演の段取りはつけておきます」

と言って、秘書室長は出て行ってしまった。


そこにまた、悪いニュースが飛び込んできた。

赤道直下から南半球にわたるアマゾン川とパラ川の流域に前線が停滞して、記録的な豪雨が続き、この二つの川にはさまれたマラジョ島が水没した。それだけでなく、パラ川東岸のベレン市は水浸しになり、本日現在三一四四人が死亡、八一一八人が行方不明、床上浸水が三万一〇三〇棟、床下浸水が一万六六三三棟。

〈何ということか。天災までふりかかってくるなんて。天は私に味方をしてくれないのか〉

大統領は、両の拳で机を叩いて悔しがったが、ふと思うところがあった。

〈これは、はたして天災なのだろうか。

山火事にしても、洪水にしても、共通項は、森林の手入れを怠っていたからではないだろうか。

山火事の方は間伐をしなかったこと、洪水の方はむやみに木を切ったこと、これが元凶なのではないだろうか。ＡＩ業者は、森林の手入れはロボットができると喧伝して、膨大な予算をかっさらって行ったが、ちっともやっていないではないか。山火事も洪水も自然のせいにしようと思えばそれですますことができるが、異様な気候が続くことは、ヒトが自然や環境を破壊し続けていることが原因であろう。そう考えれば、山火事も洪水も、天災ではなく、人災であると言えるだろう。こんなことは、もう半世紀も前から言われていることだが、こうして目の前に見せつけられると、もはや現実として否定することはできない。それにしても、私の任期中にこんな災害が起きるのはつらい。とくに、大統領選挙の公約を実行できず、役人連中からことごとく抵抗を受けている今の自分にとっては、ほんとうにつらい〉

無駄だと思うが、もう一度秘書室長を呼んでみよう。

「さきほどの山火事に近づくことは難しいということは分かったが、洪水の方は視察に行きたい。ベレン市の近くに空港はありませんか」

「ベレン国際空港がありますが、今は水浸しです。近くはマカパ国際空港ですが、あそこはアマゾン川の西岸ですからもう水没しています」

「何とかならないものか」

「視察なんかに行く必要はありませんよ。だいいち、山火事に行かないで洪水に行くなんて、不公平じゃないですか。それに……」

「それに？」

「カリフォルニアは旧アメリカ合衆国ですが、アマゾンは旧ブラジルだから」

「それがどうかしたのか?」
「ですから、差をつけなければ」
〈アメリカ合衆国とその他の諸国とは対等である。合衆・連邦国設立のときの協約は嘘だったということか〉

こんなことで、南北アメリカ大陸を包括するこの広大なアメリカ合衆・連邦国を治めることはできるのか。

大統領は、これでは神が怒るだろうと思った。いや、すでにもう怒っている。山火事と洪水がその証拠ではないか。

しかし大統領は、自分の怒りが頂点に達していることに気づかなかった。

40

大統領が椅子の上でぐったりしていると、緊急警報が鳴り、テレビ画面が光り出したと思うや、すぐに原子力規制委員長ステバンが出てきた。

緊急事態が発生しました。本日午前一〇時二三分、コネチカット州のミルストン原子力発電所二号機が炉心溶融ののちに爆発しました。この爆発により、オペレーター三名が即死し、八人に連絡が取れなくなっています。爆発により火災が発生し、州全域の消防署をあげて消火活動を続けていますが、今現在のところ火災は止まっておりません。火災の鎮火とともに、放射能の遮断のためにホウ素を混入させた砂を原子炉の直上からヘリコプターで投下する作業を続けています。原子炉内の放射性物資が大気中に放出される量は、二〇トン、三〇エクサベクレルと推定されます。よって、ミルストン原子力発電所から半径一〇キロ以内に居住している人は、高濃度汚染が懸念されますので、ただちに避難してください。半径四〇キロ以内の地域でも、居住を禁止する措置がとられることになります。なお、原因は不明で、これから調査委員会を組織して原因を究明します。

繰り返します。本日午前一〇時二三分、コネチカット州のミルストン原子力発電所二号機が炉心溶融ののちに爆発しました。原因は不明です……

山火事、洪水、原発事故、この三つを物理的な現象とみれば、相互に関連性はない。ただ、たまたま同じ日に起こっただけのことだ。しかし、社会現象とみれば、山火事、洪水、原発事故はあたかも連鎖反応を起こしたように連続して勃発した。連鎖反応とは言えないかもしれないが、少なくとも意味のある偶然の一致、あの共時性の原理が働いていることはたしかだろう。いったいこのアメリカ合衆・連邦国では、何が起こっているのだろうか。この国の深層に地殻変動でも起こっているのだろうか。それとも、天が罰を下そうとでも思っているのだろうか……。

テレビでは、原子力規制委員長が話し続けているが、あとは繰り返しに過ぎない。

大統領はテレビを切って、椅子から立ち上がった。

こんなことをしてはいられない。今度こそ、現場に飛んで行かなければならない。

大統領は、秘書室長を呼んだ。

「すぐにミルストン原子力発電所に行きます」

「えー、行くのですか」

「山火事や洪水と違って、近くの空港は使えるでしょう。大統領専用機が出せるように用意してください」

「でも、放射能に汚染されていますよ」

「そんなことは防護服を着ればすむことではないか」

「それはそうですが」

「君が行きたくなければ行かなくてよろしい。現地でステバン委員長に会えるように手配しておいてください」

まだ何か言いたそうにしている秘書室長に、大統領は、強く言った。

「早くやりなさい。これは、命令です」


大統領は、国土省の防災局長に同行してもらうことにした。防災局長は、原子力発電課長、防災物資調達課長を連れてきた。その他に、多数の報道関係者が大統領専用機に乗り込んできたので、機内は満席になった。

その機内で、大統領はサンドイッチを食べ、コーヒーを飲んだ。これがつかの間の休息だと思うと、それだけでほっとする思いがした。

大統領は、ステバン委員長の案内で、ミルストン原子力発電所の近くまでゆき、火災で燃えている建屋で消火活動が続けられていることを見て、現場の消防士を励ました。

そして、火災を免れた公民館で、記者会見をした。

当然のことであるが、その場にいた全員は、防護服を着て、防護マスクをしていた。大統領が着席すると、大統領は、防護マスクをぬいで顔をさらした。つまり、放射能に顔をさらしたということである。ひとしきりカメラのフラッシュを浴びた後で、大統領は口を開いた。

「まず、亡くなったオペレーターのみなさまにお悔やみを申し上げます。そして、この原子力発電所の爆発によって、放射能汚染を心配されている近隣のみなさまには、多大のご不便をおかけすることになりますが、アメリカ合衆・連邦国は、被害賠償、生活対策などについて全力をつくします。また、今日は、カリフォルニア州の山火事、アマゾン川河口地域の洪水、そして、ミルストン原子力発電所二号機の爆発と災害が続きましたが、この原子力発電所の爆発とともに、山火事や洪水によって被害を受けた方々にも、合衆・連邦国は総力をあげて救済いたします」

すぐに、記者席から質問が出た。

「合衆・連邦国が救済すると言うことですが、それは合衆・連邦国に責任があるということですか。電力会社の責任はどうなるのですか」

「もちろん一義的には電力会社の責任です。しかし、電力会社だけでは、被害全額を賠償することは難しいと予測されます。国は、何らかの方法で、支援する必要があるという意味です。今はパニックになっている方々にまず安心していただきたいのです」

そう答えて、大統領に思い当たることがあった。シェールオイルや水素ガスが利用されるようになってから、エネルギー政策にゆるみが出てきたことだ。そのために、原子力発電所の点検などが不十分になっていたのだ。それは電力会社の責任であるが、政府が電力会社を監督しなかったところにも問題がある。念を入れて調査をすれば、この老朽化した二号機は廃炉にすべきだという結論になったかもしれない。ということは、政府の責任をほぼ認めたような私の発言は間違いではないことになる。

「政府にはそんなカネがあるのですか。どこから費用を捻出するのですか」

「当面は予備費から出します。必要があれば、補正予算を組みます」

だから、ＡＩ関連予算や軍需関連予算を削減する必要があるのだ、と思っていると、また質問が飛んできた。

「大統領は、選挙公約に、ＡＩ関連予算や軍需関連予算の削減をかかげていましたよね。まさか、この山火事や洪水や原発事故を口実にして、ＡＩ関連予算や軍需関連予算を削減するつもりではないでしょうね」

嫌な質問である。いったいこの質問を誰に聞いてほしくてしたのだろうか。次の選挙で保守党の公認を取ろうとでも思っているのだろうか。防護マスクをしたままなので、顔は分からないが、まったく嫌な奴だ。

「ＡＩ関連予算や軍需関連予算の削減は、私の公約です。したがって、今日の災害が起こっても、起こらなくても、公約は実行します」

会場はどよめいた。

「みなさんは、私が何もできないと思っているのでしょう。しかし……」

〈なめるなよ〉

と言いかかって、その言葉を抑え、別の言葉を声に出した。

「みなさんは、私を包囲したと思っているでしょうが、私は、公約で言ったことは実行します」

ここでお開きになって、記者たちは部屋から引きあげて行った。

〈今日もまた、長い一日だった。これから大統領専用機で首都に戻らなければならないが、今日の仕事としては、これでおしまいだ〉

とホッとした気分になっていると、隣の席の防災局長の防護マスクの中からくぐもった声が聞こえてきた。

「居住禁止区域を半径四〇キロ以内とするのはもったいないですよね。さすがに居住禁止区域の中に棄民を棄てるわけにはゆかないでしょうから、居住禁止区域を半径一〇キロ以内ということにしましょうか」

「放射能汚染が危惧されている地域を棄民の居住区域にするということか」

「当然でしょう。棄民の居住地域としては持ってこいですよ、ここは。どうせ使うことができないところだから」

大統領は、その声を夢の中でささやく悪魔の声のように聞いた。そして、完全に自分が否定されたのだと思った。

大統領の心の中の何かが切れてしまった。

41

アレクサンドロス一九世のご宣託を聞いてから今日で五日経った。昨日の一日は、厨房で食事の作り方を教えてもらったり、コミ村のはての方まで散策したり、共同浴場で風呂に入ったりして時間をつぶした。今日も夜が明けて、さてこれから何をしようかと考えていると、窓の外から、ジャンジャーンというシンバルの音に続いて、

「みなさーん、これから全員集会がはじまりまーす。体育館に集まってくださーい」

という大きな男女の声が聞こえてきた。

体育館は、ベージュ色の折りたたみ椅子が、びっしりと小さな演台に向かって並べられていた。その椅子は、すでに三分の一ほどが人で埋まっていた。

全員集会とは言っても、子どもは来ないのだろうとアインは思っていたが、子どももたくさん来ていて、前の方でガヤガヤとしゃべっていた。赤ん坊を抱いている母親もいるし、腰の曲がった老人もいる。この分ならば、文字通りの全員集会で、三一八人が揃うのかもしれない。

人がゾロゾロと集まってきて、たちまちのうちに席が埋まった。

するとディズニーが演台の脇に立って、

「今日は、私が司会を勤めます。今日朝早くから集まっていただいたのは、エスさんから緊急に全員集会を開いてほしいと言われたからです。それで、大統領に提出する提言書を起草したベース、メアリー、セリアと私の四人がエスさんから理由を聞いたところ、なるほどこれはみんなにはかる必要があると思ったので、緊急に皆さんに集まってもらうことにしました。これから、エスさんに話をしてもらうことにします」

と言った。

エスが演台に上がらずに、ディズニーの隣に立って話し出した。

「私はかねてから大統領の心の内が気になっていましたが、昨日の原子力発電所の事故で、はっきり分かりました。大統領がアレクサンドロス一九世のいわゆるご宣託を採用するかどうか、アレクサンドロス一九世のご宣託は、もうみなさんご存じですよね」

会場の人々は、みんな頷いた。コミ村の情報網には漏れがない、ということをアインはみんなの仕草で知った。

「大統領は、七日後に核のボタンを押します」

「えー、核のボタン！」

会場は騒然となった。女性の声、男性の声が、あちこちから、同時に飛んできた。

「どうしてそんなことが分かるの！」

「昨日まで、どうしても解けなかったのです。しかし、昨日のカリフォルニアの山火事、アマゾン河口の洪水、ミルストン原子力発電所二号機のメルトダウンで、方程式が立ちました。それによって、未知数が解けました。大統領は、一週間後に核のボタンを押すのです」

「どうしてそんなことが断言できるの！」

「そうですね。たしかにこれは未来予測ですから、断言するのはおかしいですね。あくまでも、私の予測に過ぎませんから、断言したらいけませんよね。しかしこれは、断言しなければならないほどはっきりしている危険な事態です」

「エスさんは、アレクサンドロス一九世のご宣託をズバリと言い当てたものね。エスさんの予測を軽く見てはいけない」

と大きな声で言ったのはベースである。それでもなお、質問の矢はたくさん飛んでくる。

「でも、アレクサンドロス一九世のご宣託は、五〇〇トンの弾道ミサイルではなかったの？　どうしてそれが核のボタンなの？」

「大陸間弾道ミサイルが、核弾頭大陸間弾道ミサイルになったのです。大統領の胸の中で切り替わってしまったのです」

「どこに落とすのですか？」

これは子どもの声だった。

「私の予測では、パリのエッフェル塔の他にもう一か所、多分ベルギーのブリュッセルだと思います」

「えー、でも大統領はいい人ではないですか。クリスチャンだけれど人格者ではないですか」

「クリスチャンで人格者だから押してしまうのです。誰よりも深く神を信じていて、誰よりも道徳的にすぐれているあの大統領だからこそ、核のボタンを押してしまうのです」

「こわーい」

「でも、ここは安全でしょう?」

「それが問題なのです。これも私の予測ですが、核保有国のほとんどが容赦なく報復の核兵器をこの合衆・連邦国に撃ち込んでくるでしょう」

「どうしてそんなことが言えるのですか?」

「大統領は、他国も合衆・連邦国と同じように頽廃し、人心が荒廃していることを見落としているのです。ところが、どの核保有国もみんな社会が乱れ、経済が逼迫していて、しかも為政者の心が腐敗しているからブレーキがきかない。兵器を使う機会を待っているところに核兵器が落とされれば、このチャンスを逃すはずはないと思います」

「でも、大統領がその程度のことを見落とすのかしら」

「見落とすというよりも、重く見ていないと言った方がいいかもしれません。しかし、重要なことは、大統領の心の奥底に報復を受けてもよいと許容する気持ちがあることです。この気持ちは、無意識のうちに徐々に育ってくると思います。大統領の深層にある狂気が育てるのです」

「狂気! ほんとうに大統領の心の底に狂気があるの?」

「誰にだって狂気はあります。肝腎なことは、大統領の独自の狂気を読むことです」

「報復を受けるとしても、迎撃ミサイルで落とせるじゃないですか」

「とても迎撃ミサイルで落とせるレベルの数ではないと思います」

あちこちから「キャー」という悲鳴があがった。

「ここは首都に近いから、とくに危険だと言えます」

「どうしたらいいの？」

という大勢の声を受けて、ディズニーが、

「その前に、エスさんの予測を信じるかどうか、これを話し合いましょう」

と言ったとたんに、オペレートがスクッと立ち上がって、

「僕は、信じます。世の中の動きがそのようになってきていると感じますから」

「そう言えば、そうよね」

「よく考えたら、そうなってしまうような気がするわよね」

という声が聞こえたあと、いきなりディズニーから質問の矢が飛んできた。

「アインさん、あなたは、つい五日前までは、アレクサンドロス一九世の守り役だったのでしょう？　エスさんの予測は、当たっていると思う？」

アインは、立ち上がったものの、どぎまぎしてしまった。だいいち、生まれてこのかた、こんなに大勢の前で話をしたことはなかった。

「えーと、あのー、アレクサンドロス一九世は、山火事や洪水や原発事故があったら、そのあとでは当然それがインプットされるから、今ならば、あのー、もしかしたら、ではなくて、きっと

北緯四八度五一分二九・五八三秒、東経二度一七分三九・六九二秒の地点を弾道ミサイルでもって攻撃すべしではなくて、核弾道ミサイルをもって攻撃すべしという宣託を出したと思います」

「じゃあ、ベルギーのブリュッセルはどうなの？　そこにも核兵器攻撃をせよと言うの？」

「えーと、やっぱりベルギーではクーデターが起こったから、そういう宣託になると思う」

それを聞いて、若い女性が起立した。

「私は納得できないわ。大統領はアレクサンドロス一九世の宣託とは別のことをしたいと思っているのではないですか。それなのに、大統領はアレクサンドロス一九世と同じになってしまうじゃない。アレクサンドロス一九世が核のボタンを押せというのならば、大統領は別の選択をするようになるのではないですか」

それを聞いて、腰の曲がった老人が立ち上がった。

「そこがミソなのよ。大統領は神を信じている。アレクサンドロス一九世には四位一体説が組み込まれているから、神と一体なのよ。大統領は神を信じている。篤い信仰を持っている。だから最後の最後には、大統領とアレクサンドロス一九世は同じ結論を出す。エスさんは、そこのところをとことんまで読んでいるのだと私は思う。それがさっきの方程式の話じゃと思って聞いていた。だから、私は、エスさんの予測を信じる。大当たりだと思っています」

「へー」とか「ふぇー」とかの声が起こって、会場は騒然となった。拍手をする人もいた。

「ヤハウェ神の狂気と大統領の狂気は似ているのですよね。その狂気に大統領は気づいていない。気づいていないから、自分の狂気を恐れることを知らない。人心の荒廃でくすぶっていたところに、山火事、洪水、原発事故がその狂気に火をつけたのです」

「でも、それならば、どうして今すぐ大統領は核のボタンを押さないの？」と先ほどの若い女性。

「これから大統領は一週間、うつの状態になって、それから狂気そのものが爆発するのです」とエス。

「それで、私たちはここで死んでしまうのですか。もうお陀仏なの？」

「大統領の狂気が爆発してしまうの？　鬼のようになってしまうの？　私、怖いわ」

と絶叫する声が聞こえた。

騒然となった会場が静まるのを待って、ディズニーがエスにたずねた。

「エスさん、私たちはここで手を拱いて死ぬのを待たなければならないの？　何か助かる手はないの？」

「こんなこともあるかと思って、もう手は打っておきました。私には懇意にしている貨物船の船長がいて、五日前に訪ねて行って、渡りをつけておきました。私は、太平洋を渡った極東の島国のN市から来たのですが、ちょうどN市に木材や家具を受け取りに行く貨物船の便があって、うまいことに往きは積み荷がないそうです。三〇〇人ぐらいなら乗せてくれるそうです。正規の便ですからパナマ運河も通れます。N市でよろしければ、私が案内します。N市の仲間も歓迎すると言ってくれました。事情があって私がN市に戻るのは気が引けるところがあるのですが、みんなの命にはかえられません。でも、私が連絡をしたら、生きていたのかと喜んでくれたのでホッとしています」

このエスの言葉を聞いて、アインの全身に電撃が走った。

五日前と言えば、アレクサンドロス一九世のご宣託を聞いたあの日、私が背広の袖に手を通そうとしていたとき、執務室の小さな窓から、ほのかな灯りのもとに小さな人影が動くのが目に入った。その人影は、白い半袖シャツに空色のズボンをはいていた。あれは、エスだったに違いない。こうなったら、N市でもどこでも、エスについて行くしかない。

「これはもう、逃げるが勝ちじゃ」と先ほどの老人。

「行きます！」

「僕も行く！」「わたしも行く！」

子どもたちがいっせいに手をあげた。

「みなさん行くようですね。じゃあ、行かない人は挙手をして」

とディズニーが意地の悪い質問をした。

誰も手をあげなかった。みんな周りを見回して、誰もいないと分かると、あちこちから笑い声が起こり、それから拍手が起こった。最後にエスがひと言つけ加えた。

「では、明後日に乗船しましょう。明日一日が準備の日です。N市は貧しいところですが、みなさんが生活をするには不自由なことはありません。だから、荷物は船の中で必要なものだけを持ってゆけばいい。そういうことで準備をお願いします」

42

準備と言われても、アインにはすることがなかった。はるばるN市に行くと言われても、持ってゆくものは何もない。わが身ひとつを移動させればすむことだ。

それでも何か手伝わなければと思って、台所に残っていた食糧を段ボールにつめたり、食堂の掃除をしたりしていたが、しばらくするとエスがやってきた。

エスによると、『生者の迎える道』の頭蓋骨をどうするか、朝から協議していたが、N市に持って行きたい人がいればその人に渡す、そういう人がいない頭蓋骨は、墓所に埋葬するということになったという。ついては、埋葬の手伝いをお願いできないかということであった。

アインとしては、頭蓋骨は、コミ村に来る道を通過するときに迎えてくれた恩人たちである。これは喜んで引き受けなければならない。そして、この埋葬は、またもう一つ大きな意味を持つのだろう。そういうことが分かる自分になっているし、エスはそのことが分かって、私にこの役割を与えてくれるのだろう。

そこまで考えて、ふと思いつくことがあった。

N市に三一八人で危険を冒して行くということであるが、三一八人にとってはパナマ運河を通過して太平洋に出て海を渡る、その行程自体にも特別な意味があるのだろう、と。

ということは、ただ核戦争を逃れるためにN市に行くとばかり思っていたが、そして、命さえ助かればよいと思っていたが、そうばかりではないのではないか。エスはN市から来たと言っていたが、ひょっとしたら、ずっと前から核戦争を予測して、私たちを助けに来たのではないだろうか。そして、私たちを別の人生に導くためにやって来たのではないだろうか。

とすれば、N市に行くことには、もっと積極的な意味があるのかもしれない。N市に何があるのだろう。N市で何が起こるのだろう。

頭蓋骨の埋葬には、男女あわせて三〇人ほどが参加した。学校の裏手に広い墓地があって、整然とした区画に、墓標が立っていた。アインもスコップで土を掘り、頭蓋骨を掌に包んで、それからていねいに土に中におさめ、そのあとで土をかぶせた。みんな黙々とこの作業をした。そして、静かに手を合わせた。

この地に来ることは、おそらくもうないだろう。それは分かっていても、できることならば生きてここに来て、もう一度合掌したい。どうか、安らかにお休みなさい。ありがとうございました。

夕方になってから、アインはエスと一緒に音楽室に行った。音楽室にはメーシーがひとりだけで、ピアノにしがみついて泣いていた。

エスは、メーシーの嗚咽がおさまるのを待ってから、声をかけた。

「このピアノは、私たちに十分に力を与えてくれました。このピアノに私からもお礼を申しあげたい。これからはゆっくり休んで、自然に帰ってくださいと言いたい……」

メーシーは、ピアノの鍵盤に顔をつけたまま大きく頷いた。

しばらく間を置いてから、エスは、

「でも、その前にこのピアノにもうひと働きしてほしい……」

と言った。

驚くことに、このエスの言葉が合図になったかのように、ゾロゾロ人が音楽室に入ってきた。大人も子どもも女性も男性も老人も若者もぞくぞくやってきて、たちまち椅子は満席になり、椅子のない人は机に腰かけ、それが埋まるとピアノの周りから順番に立ち席になり、音楽室がいっぱいになると、窓を開け放ち、子どもが窓枠に座って柱にしがみつき、それでもなお人が集まってきて、校庭も廊下も人であふれるほどになった。

メーシーが頭をあげて、エスに顔を向け、キリッとした表情をして言った。

「何を弾かせていただこうかしら」

エスが即答した。

「では、ベートーヴェンのピアノ・ソナタ、ワルトシュタインを。この曲は、メーシーさんがピアノコンクールでグランプリを受賞したときの課題曲でしょう?」

「ご存じだったの⁉　有難う！」

メーシーの演奏がはじまった。

連続音が響き、波を越え空を越えて前に前にと進んで行く……おや、何か不気味だ。どこかに迷い込んだのかな……大きな道に出た。大丈夫、大丈夫。この道を力強く、自信を持って、そして優しく……。

怒濤のような音が響いて、そして演奏が終わった。

音楽室から、校庭から、廊下から拍手が湧きあがった。万雷の拍手というのはこういうものなのだろう。拍手はいつまでも鳴りやまなかった。それから、

「ブラボー」

「アンコール、アンコール」

という叫び声が続いた。

メーシーが椅子から立ち上がって、深々とお辞儀をした。メーシーの目から、涙が滝のように流れていたが、ぬぐおうともしなかった。

手で長い髪を払ってから、メーシーが、

「では」

と言った。みんな静かになって、次の言葉を待った。

「では、ショパンの革命を弾かせていただきます」

と言った。

「革命！」

と誰かが言った。すると次にオペレートの声が聞こえた。

「革命！　いいなあ！　僕たちがN市に行くのは革命なんだ。逃げて行くのではあるけれど」

みんながドッと笑った。そして、静かになった。

メーシーが、ピアノに向かって言った。

「ピアノさん、有難うございました。これでお別れですが、どうか許して下さい」

それからゆっくりと椅子に座り、流れ落ちる滝のような音を奏でだした。

43

日付が変わった翌午前二時、空気が凍るかのような寒さの中を、着ぶくれた三一七人と半袖シャツのエスは、列になってコミ村を後にした。

満天の星空だった。冴ゆる空からめぐりきた星座の中の赤、白、黄色に輝く星々に見送られながら、人々は、黙々と歩を進めた。

学校の裏手に道があり、その道を行くと旧国道があるという。その国道に、一六台のトラックが待機している、とエスは言っていた。異界の首都に行って、ボランティアの人々や支援者に用意してもらったという。そのときにエスは、その人たちに、天災や人災が起こったら首都から脱出するようにとアドバイスしたに違いない。体育館の全員集会のときのように、がんがん議論をすることはできなかっただろうが、信頼できる数人にひざ詰めできちんと説明したと思う。それにこたえる形で、一六台のトラックを用意してくれたのだろう。

アインは、そういうことを想像することができるようになった自分を認めたい気持ちになりながら、凍てつく道を踏みしめた。

空がほのかに白むころに旧国道に並んでいるトラックの行列が見えてきた。人々は、小走りにトラックに駆け寄って、予め決めておいた順番に、まず子どもを抱えあげて荷台に乗せ、次に老人の尻を押して乗せ、それから大人たちが乗り込んだ。一台のトラックの荷台に、約二〇人がぎゅう詰めに乗り終わると、先頭のトラックがゆっくり動き出した。トラックの行列は、行儀よく一定の車間を置いて走り出した。

このコミ村の動きを政府が知らなかったわけではない。コミ村から提言書が届いたとき、司法省犯罪予防局長は捜査することも考えたが、局長会議のあとでドメスティック政策局長たちと大統領室に押しかけたときに、大統領から捜査を禁止されたのが面白くなかった。そこで独断で内偵することにして、局員をコミ村に送り込んだ。

しかし、派遣された局員は、全員集会が開かれることまでは把握したが、体育館の扉が固く閉められており、住民の警戒が厳しかったので、協議の内容まではつかみきれなかった。

翌日になって、住民たちが移動の準備をしはじめたので、コミ村を棄てて逃散するという情報が入った。犯罪予防局長は、提言書を提出したために捜査が入り、いっせいに処罰されるのを恐れて逃げ出すのだろうと判断した。

そこで、犯罪予防局長は、国策省棄民政策局長を局長室に訪ねて相談をもちかけた。

「犯罪予防局長は、大統領から捜査を厳禁されて面白くないのでしょう」

「図星ですね。コミ村とやらの連中を何とか懲らしめる方法がないものかと内偵をしていたのだが」

「それだけでなく、大統領の鼻をあかしたいのでしょう」

「それもある」

「しかし、棄民を処罰する法律はない。だいたい棄民は法の外の存在だから」

「たしかに、法の外の人間に法を適用するというのは矛盾がある」

「われわれには見えていない異界の連中だから、お化けを罰するようなおかしな話になる」

「だから、どこかに逃げてくれれば、もっけの幸いだと思うがどうだろうか」

「私もそう思う。外国にでも逃げてくれればなおのことよい」

「N市に材木を取りに行く貨物船の船長から、往きは積荷がないので、人を乗せて行きたいという申請があった。もしかしたら、コミ村の連中はその貨物船に乗るのかもしれない」

「ハハハ、それならそれでいいじゃないか。どうせ棄てた連中なのだから」

「そうだな。そういうことにしよう。大統領がコミ村住民にいい恰好しようと思ったら、すでに村はもぬけの殻。これはこれで痛快だよね」

トラックが港に着いたときには、すでに冬の陽は傾きかけていた。

中型の木材専用船が岸壁に横づけになっていた。

二列の金ボタンの黒い制服を着た船長が一行を出迎えた。

船は一部に客室があるが、全員が客室に入るのは無理なので、子ども、老人、病人が客室に乗り、あとの人は船艙に乗ることになった。

船長は、タラップの脇に立って、ひとり一人と握手をした。握手したついでに、船長の長い髭を引っ張る子どももいた。

みんながタラップを踏んで乗り込むのを見届けたエスがしんがりになった。船長が、エスとかたく握手を交わしながら、

「よく無事にここまで来ることができたな」

と言うと、エスは、

「なに、簡単なことですよ。この国は入るのは難しいけれど、出るのはゆるいのです。とくに棄民と分かっていますから、黙認です。私たち、とくにコミ村の住民がこの国から出て行くので、向こう側の人たちは、やれやれと胸をなでおろすことでしょう。もっとも大統領だけは肩透かしで気の毒ですが」

と言って、笑顔を見せた。

「なるほど、そういうことか」

船長は、握手の手をほどいて、その手で、エスの肩を二つ叩いた。

しかし、神が強風をもって海を割って陸地としてくれるわけではない。目の前には高い波と長い航路が待っているのだ。

これから必要なのは、神でなく人智であるはずだ。

アインは、解放されたようなゆったりした気持ちになり、この気持ちをじっくりと味わった。

かたわらにメーシーが立っていた。

「海ってどういう色なの？」

「海はこの汐の匂いの色です」

岸壁でドラを叩く人がいた。

船は堂々と岸を離れた。

44

船は、二日間大西洋を航行し、その次の日にカリブ海を過ぎて、コロン港からパナマ運河に入った。コロン港を過ぎてすぐにガトゥン閘門にぶつかり、ここで長い時間待たされたのちに三つの閘室を経て海面から高く吊り上げられ、ガトゥン湖に出た。

一行が甲板の上でこの美しい人工湖に点在する島々を眺めているうちに、船は湖を抜けて街に入り、切り通しを通り抜けた。

ここで日が暮れ、翌朝、船は大きな橋の下をくぐり抜けて、ペドロ・ミゲル閘門に到着した。

ここでまた長い待機時間があった。元コミ村の住民たちは、気が気ではなかった。エスが七日後に大統領が核のボタンを押すと予言したのは、六日前のことであった。だとすれば、あと一日しかない。

「パナマ運河は八〇キロメートルだから、スルッと通り抜けるものだと思っていた。いつになったら、太平洋に出られるの？」

とヨキコが船長に問いつめると、船長は、

「大丈夫です。パナマ運河は二四時間で通過することになっているのです」

と目で笑いながらこたえた。

やがて船が動き出し、時間をかけながら、ペドロ・ミゲル閘門を通り、ここで少し高度を下げてまた湖に入り、二つの閘室のあるミラフローレス閘門で海面と同じ高さに水位が下げられた。そしてようやくパナマ湾に出て、人々は、太平洋上の人になった。太陽は、西に傾きかけていた。元コミ村の人たちが、過去に別れを告げて、新しい天地で生まれ変わるためには通過しなければならないところがあり、それなりの時間がかかるのもやむを得ない。


翌日、人々は朝早くから客室のテレビの前に集まってきた。

船艙からいったん甲板に出て、客室に向かう人たちは、甲板の上から海のかなたのどこを見ても陸地が見えないことを確認した。見えるのは、明けはじめた空と一面黒い波の海だけだった。

船はすでに、太平洋の公海を航行している。

テレビ画面が動き出し、緊張した面持ちの若い女性アナウンサーが出てきた。

「緊急速報をお伝えします。

わがアメリカ合衆・連邦国のムーン大統領は、本日午前五時五五分、核弾頭大陸間弾道ミサイル二発を発射する命令を出し、同五六分にミサイルは、ヨーロッパに向けて発射されました。

攻撃目標地点は、一発目は北緯四八度五一分二九・五八三秒、東経二度一七分三九・六九二秒

の地点、二発目は北緯五〇度五〇分三七・五一五秒、東経四度二一分二七・二二六秒の地点で、攻撃目標は、パリ市のエッフェル塔とブリュッセル市の市庁舎です。使用されたミサイルは、いずれもピースキーパーX型で、投下された爆弾は四五キロトンの原子爆弾です。

ここで、核兵器に詳しいイリノイ大学のペタン教授に解説をお願いします」

そこまで言うと、白髪のペタン教授と言われた男が出てきた。

「ムーン大統領は、ついに核のボタンを押すという大英断に踏み切りました。

この大統領の決断は、アレクサンドロス一九世のいわゆるご宣託との関連で考察しなければなりません。去る一一月二〇日午前三時にアレクサンドロス一九世はご宣託を出したと言われていますが、政府は公式には発表していませんでした。しかし、このご宣託は、政府内部はおろか関係者に漏れていたことは公然の秘密になっていました。本来であれば、政府の公式発表を待ってから言うべきことでしょうが、すでに核弾頭大陸間弾道ミサイルが発射されたことですから、私からアレクサンドロス一九世のご宣託を紹介し、そのご宣託と比較することによって、大統領の決断がいかに素晴らしいものであるか、そのことをご説明いたします。

アレクサンドロス一九世のご宣託をそのままお伝えいたしますと、それは、《北緯四八度五一分二九・五八三秒、東経二度一七分三九・六九二秒の地点及びその周辺を、合計五〇〇トンの弾道ミサイルをもって攻撃すべし》というものです。

この北緯四八度五一分二九・五八三秒、東経二度一七分三九・六九二秒の地点というのは、先ほどアナウンサーが言った通りパリのエッフェル塔でございます。この地点についてはまったく違いはありません。しかし、大統領は、その他に北緯五〇度五〇分三七・五一五秒、東経四度二一分二七・二二六秒の地点、すなわちブリュッセルの市庁舎をつけ加えました。ベルギーでは先の総選挙で共和制を唱える連中が多数を取りましたが、王制を守るために軍部が立ち上がり、クーデターが成功して臨時政府が樹立されました。しかし、ここ数日、ベルギー各地で共和派のデモやテロ行為など続いて内戦が勃発する機運が出てきました。わが国としては、臨時政府を支援すればよいことですが、すぐ隣のフランスに原爆が投下されて、死の灰がベルギーに飛んでいくような状況になるのですから、生半可な支援よりは、喧嘩両成敗でブリュッセルにも原爆を投下し、わが国の威厳を示す必要がある。そう理解すれば、大統領の英断を支持することができます。

また、アレクサンドロス一九世のご宣託は、《合計五〇〇トンの弾道ミサイルをもって攻撃すべし》というものでしたが、大統領は、その九〇倍の破壊力にも及ぶ原子爆弾でした。これこそまさに大英断です。五〇〇トン程度の破壊力では、相手方に報復する力を残してしまいます。しかし、原子爆弾であれば、もう報復する力は残りません。したがって、ヨーロピアンユニオンからの報復攻撃はない。また、その他の国も、他の核保有国も、もし報復手段に訴えるならば、さらにそれに倍する核兵器が飛んでくることは知り尽くしています。そうなれば、報復の応酬がはてしなく続きますが、みんなそれほど馬鹿ではないでしょう。

なお、みなさんは、使用されたミサイルがピースキーパーであると聞いて、オヤと思われたかもしれません。ご存じの通り、平和維持者を意味する大陸間弾道ミサイルのピースキーパーは、二〇〇二年に退役しましたが、その後継機はひそかに開発を続けていました。その地道な研究が、

X型として、三六年の月日を経て日の目を見たことは、まことに喜ばしい限りです。また、投下されたのが原子爆弾で、しかも四五キロトンに過ぎないということも、奇異に感じられたかもしれません。わが国は、原子爆弾だけではなく、水素爆弾も、中性子爆弾も、コバルト爆弾も保有しています。したがって、なぜ初歩的な原子爆弾にしたのかと疑問が生じる余地がないことはありません。しかも、破壊力はわずか四五キロトンに過ぎません。四五キロトンと言えば、一九四五年八月九日にナガサキに投下した爆弾の約二倍しかありません。ここには、敬虔なクリスチャンである大統領の良心をうかがうことができます。

しかし、ナガサキの二倍に過ぎないとはいえ、パリは市域全体が破壊されるでしょう。凱旋門、ルーブル美術館、オルセー美術館、オペラ・ガルニエなど、すべての建造物、美術品は灰になるでしょう。いや、灰が残ればまだしも、この世に痕跡さえ残さないでしょう。ブリュッセルも同じです。ヨーロピアンユニオン事務局庁舎、王立モネ劇場はおろか、王宮も影もとどめず消える。パリの人口二二三〇万人、ブリュッセルの人口一一五万人のうち、生き残る人は、一〇パーセントにも満たないと予測されています。アーメン」

この長々しい解説が終わるとすぐ続いて、さきほどのアナウンサーが出てきて、首都の人々の声を拾った。

「大統領の決断は素晴らしい！」

「アレクサンドロス一九世のご宣託を公表しなかったわけが分かりました」

「シンギュラリティを前にして、人間の知恵の方が人工知能よりもすぐれていることが、この大統領の大英断でよく分かりました」

そのインタビューに引き続いて、黒々とした胴体を持つピースキーパーX型ミサイルが白い水蒸気をあげて発射する動画映像が映された。

テレビの前に釘づけになっていた人々は、一様に凍りついたように黙り込んでしまった。エスの予測を信じてはいたものの、心の片隅でそんな恐ろしいことは現実にならないだろうと思うところもあった。しかし、こうして目の前で、核弾頭大陸間弾道ミサイルが発射されるところを見てしまうと、黙り込むしかなかった。

それにしても気がかりなことは、ペタンとかいう教授が言う通り、報復攻撃がないということが本当かどうかである。もし、教授が言う通り、報復攻撃がないのだとしたら、私たちはコミ村を棄てることはなかったのだ。

うしろの方で立っているエスに、質問する人がいた。

「エスさん。ほんとうに報復はないのだろうか」

「間違いなくあると思いますよ。明日のこの洋上時間午後一時ごろ。それも大切なことですが、今日はみんなよく休んで、明日に備えませんか」

45

翌日の午後になると、また人々は、客室に集まった。

客室は、立錐の余地がないほどぎっしりになった。テレビをつけ、音声のボリュームをいっぱいにあげて、みんな固唾をのんで、画面をにらみつけた。

警報が鳴り響き、昨日とは違う女性のアナウンサーが出てきて、声を張りあげ、けたたましく叫んだ。

「緊急速報です。緊急速報です。非常事態が発生しました。

昨日の核弾頭大陸間弾道ミサイルの攻撃に対して、世界各地から報復のミサイルが発射されました。発射されたミサイルには、いずれも原子爆弾が搭載されていて、その落下地点と破壊力は、ロシアから首都とロスアンゼルスにいずれも五〇キロトン、中国から首都に三〇キロトン、ニューヨークに五五キロトン、インドからヒューストンに四〇キロトン、サンフランシスコに三五キロトン、パキスタンからダラスとオタワにいずれも五〇キロトン、北朝鮮からシアトルに三〇キロトン、リマへ四〇キロトン、イランからブラジリアに一〇キロトン、リオデジャネイロに二〇キロトン、台湾からシカゴに二五キロトン、メキシコシティに一五キロトン、マレーシアからボゴダとキングストンにいずれも一〇キロトンで、以上合計一六発、五二〇キロトンです。このうち、イランからリオデジャネイロ、台湾からメキシコシティへの二発は、合衆・連邦国の弾道弾迎撃ミサイルが撃ち落とし、核弾頭は不発のまま太平洋に落下しました」

「キャー」という大きな女性の声がした。

「大丈夫、この船の航路からははずれている」

「何が大丈夫か！　私たちが助かればいいというものではない」

「でも、助かってよかった！」

「そうだ！　もうコミ村はなくなっている」

客室は騒然となった。

テレビでは、アナウンサーの声が続いている。

「核保有国のうち、わが国の友好国イスラエルは、イギリスのロンドンに向けて、三五キロトンの原子爆弾を搭載した核弾頭ミサイルを発射しました。またエジプトは、三〇キロトンの原子爆弾を搭載した核弾道ミサイルをイスラエルのエルサレムに発射しました。昨日のわが国の攻撃によって壊滅的な打撃を受けたフランスとベルギー、そしてイスラエルから攻撃を受けたイギリスからは、ミサイルが発射されておりません。

わが国の被害状況の詳細は不明ですが、詳細が分かり次第、お伝えいたします。なお、この放送は、テネシー州メンフィス市の放送局からお送りしております」

「やっぱりエスが言っていた通り、どの国も頽廃が進んでいたのだ。腐りきっていたのだ」

「昨日の教授とか何とかいう奴が報復はないなんてぬかしやがったが、あいつも腐っているから先のことが読めなかったのだ」

「やっぱり核兵器を使うチャンスを狙っていた！」

「どこもかしこも、アメリカ合衆・連邦国を憎んでいたのだ」

「そうだ、そうだ！」

客室はまた騒然となった。

「それにしても、大統領は狂ってしまったのか！」

「神を信じているからいけないのよ。だからこういうことをするのよ」

「それって、大統領が聖書の預言を成就したということ？」

この女性の声で、みんな黙り込んでしまい、テレビの女性アナウンサーの声だけがにわかに復活した。

「被害の詳細は不明です。被害の詳細は不明です。放送局には多くの問い合わせが寄せられていますが、被害の詳細はまだ不明です。しかし、この攻撃を誘発した昨日の核弾頭大陸間弾道ミサイルの発射命令を出した大統領の責任は、当然問われることになると……」

このとき、

「エスさん！　どこにいるの？」

という女性の声が聞こえた。ディズニーの声のようだった。

最後列で終始首を垂れていたエスが、頭を起こした。長身のエスの頭一つが人垣の上に出る形になった。エスは、顔を起こしたまま、何も言わなかった。

「エスさん、あなたの言ったとおりになったわ。私たちは助かった。有難う。でも、なぜ黙っているの？」

「そうよ、何か言ってくださらない？」

「聖書の預言を成就するために大統領は核のボタンを押したの？」

「ヤハウェ神が天から硫黄の火を降らせてソドムとゴモラを滅亡させたように、たくさんの都市を核の火で滅ぼすことにしたの？」

「大統領は神になってしまったの？」

「早く何か言って！　エス！」

……それでもエスは黙っていた。少し首を前に傾けて、祈るように瞑目したまま、しばらく何も言わなかった。

「私たち、何も分からないの。どうしてこんなことになったのか、何も分からないの。どうしてこんなことになったのか知りたいのです。エスさんは、このことを予言していたのだから分かっているのでしょう！」

この声に、ハッとしたように、エスは大きく目を開いた。

「私にも分からないのです。大統領が意識して核のボタンを押したのか、そうでないのか、あまりにも複雑な要因がからんでいて、よく分からないのです。というかうまく説明ができないのです。でもヒトが神をつくってから、いろいろなことがあって、その先に科学の発達が続いて、とうとう人工知能までつくるようになって、そして、社会のシステムがうまくゆかなくなって、人心が荒廃して、退廃した世の中になって、この荒廃と頽廃を悪ととらえて耐えられなくなって、善か悪かという二元的な神の論理が身についていたために善も悪もという一元的な人間の本質を見落として、こうしたすべての要因が、大統領に核のボタンを押させたのだと思いますが……」

「押させたって！　大統領が押したのではないのか？」

「たしかに核のボタンを押したのは大統領です。しかし、ほんとうに彼が核のボタンを押したのだろうか」

「大統領が押したのではなくて、神が押したといいたいの？」

「そこなのです。問題は、大統領が神を信じていたこと、そして預言を信じていたことです。すべてが破壊されたのちに救い主があらわれるという預言を。神を信じていれば，預言を信じますよね。逆に預言の怪しげなところを見抜いていれば、神を信じないはずですよね。しかし、そうはならなかった。結果としては、彼によって預言が成就したことになった。破壊されるところまでは。彼が預言を成就するためにと意識して核のボタンを押したかどうか分かりませんが、少なくとも結果はそうなった。だから、神を疑ってほしかった。しかし、彼は疑わなかった。

堂々巡りのようになってしまいますが、もしヒトが神を作らなかったら、大統領が核のボタンを押すようなことはなかったのではないか」

「その答えは簡単だよ。ヒトが殺戮や破壊を奨励するあの神を作らなかったら、原子爆弾やら、核兵器やらをつくることなんかなかった。今日の一日は平和だったはずだ」

これは、ベースの声である。それからメアリーの声が続いた。

「すべてが破壊されたのちに救い主があらわれるなんて、おかしいわよね。すべてが破壊されなくても救い主があらわれるかもしれないし、破壊されても救い主があらわれないかもしれないじゃないの」

「そうですよね。でも私は、大統領を責めることはできないのです。責められなければならないのは、他にもたくさんあるのではないかと考えてしまうのです。大統領だけを非難するのは、どこか間違ってしまうのではないかと思うのです」

このエスの言葉を聞いて、みんな泣き出してしまった。ディズニーとセリアは抱き合って泣いた。なぜ泣くのか、なぜ涙が出るのか、複雑な思いが次々にわき起こってわけが分からなくなってしまうが、とにかく涙がドンドン出てきて止まらなくなってしまった。

焼けただれてどす黒い土だけになった爆心地、鬼火がチョロチョロ燃えている地面、飛び散った腕と胴体、散乱している真っ黒な死体、黒焦げになった子どもたち、次々にあらわれる地獄絵のような画像を背景にして、ヒステリックなアナウンサーの声は続いている。

「各地から被害の状況があがってきました。あくまで概数ですが、現在判明した被害を合計で申し上げます。死者六三五〇万人、行方不明四九九〇万人、負傷者五八五〇万人、大統領府で執務中の大統領は即死、政府高官の大部分も死亡しました。放射能汚染区域は二九一万平方キロメートル、この全域に死の灰が降り続けています。そして、首都にはすでに黒い雨が降りはじめました……」

人工知能については「AI原論」（西垣通・講談社）を、地政学については「シェール革命後の世界勢力図」（中原圭介・ダイヤモンド社）「地政学で読む世界覇権2030」（ピーター・ゼイハン著、木村高子訳・東洋経済新報社）「逆説の地政学」（上久保誠人・晃洋書房）を、脳科学については「和解する脳」（池谷裕二×鈴木仁志・講談社）を、ジョン・ローについては「経済が崩壊するとき　その歴史から何が学びとれるか」（ロバート・ベックマン著、斎藤精一郎訳・日本実業出版社）「マネーの進化史」（ニーアル・ファーガソン著、仙名紀訳・早川書房）を、参考にさせていただきました。

厚く御礼申し上げます。

廣田尚久（ひろた・たかひさ）
1962年東京大学法学部卒業。1968年弁護士登録（第一東京弁護士会）。2005年法政大学法科大学院教授。

〈主要著作〉
『紛争解決学』（信山社・1993年、〔新版増補2006年〕）、小説『壊市』（汽声館・1995年）、小説『地雷』（毎日新聞社・1996年）、小説『デス』（毎日新聞社・1999年）、小説『蘇生』（毎日新聞社・1999年）、ノンフィクション『おへそ曲がりの贈り物』（講談社・2007年）、『先取り経済の総決算—1000兆円の国家債務をどうするのか』（信山社・2012年）

2038 滅びにいたる門

2019年3月20日　初版印刷
2019年3月30日　初版発行

著　者　廣田尚久
装　幀　岡本洋平（岡本デザイン室）
発行者　小野寺優
発行所　株式会社河出書房新社
東京都渋谷区千駄ヶ谷2-32-2　郵便番号151-0051
電話（03）3404-8611（編集）（03）3404-1201（営業）
http://www.kawade.co.jp/
組　版　KAWADE DTP WORKS
印　刷　モリモト印刷株式会社
製　本　小泉製本株式会社
落丁本・乱丁本はお取り替えいたします。
本書のコピー、スキャン、デジタル化等の無断複製は著作権法上での例外を除き禁じられています。本書を代行業者等の第三者に依頼してスキャンやデジタル化することは、いかなる場合も著作権法違反となります。
ISBN978-4-309-92170-9
Printed in Japan